偵探福爾摩斯

總導讀

打開世界文學經典，進入生命的另一個層次！

——新樹幼兒圖書館 館長 蔡幸珍

文學經典之所以成為經典，是因為這些世界名著經過時間的淘洗與淬煉之後，能歷久不衰並轉化成各種形式的「變裝」，例如：卡通、電影、芭蕾舞蹈、音樂、漫畫、手機遊戲、桌遊……等，繼續活躍在這世界的舞台上。

時代會變，社會在進步，科技也以十倍速更新，然而亙古以來的人性卻沒有顯著的變化，幾百年前能感動、震撼、取悅、療癒人心的世界名著，在幾百年後，依然能深深打動世人。

完整的文學經典出版計畫

小木馬文學館這一系列的世界文學經典作品，是由日本第一流的兒童文學研究家，以及國內的傑出譯者以生動活潑的現代語言譯寫，並且附有詳細的注釋、彩頁插畫、作者介紹、人物關係圖、故事場景和地圖……等等。從這些規畫與細節，可以看到編輯群的用心與貼心。

每個時代的生活用語與文物不盡相同，書中圖文並茂的注釋讓讀者能跨越時空、地理與文化的差異，減少與文字的距離和陌生感，更容易進入故事的時空情境當中。書中的介紹讓讀者了解作者的生平與創作背後的故事；人物關係圖釐清了解各個角色之間的關係，譬如：《希臘神話》中的哪個天神和誰生下了誰，誰又是誰的兄弟姊妹，這個英雄又有何來頭，天神之間錯綜複雜的關係，一張人物關係圖就能幫助讀者腦筋不打結；故事場景和地圖則提供清晰的地理線索，不論是將來實地去故事誕生之地拜訪遊玩，或是在腦海中遨遊都格外有趣。這些林林總總的補充資料，我稱它們為「作品懶人包」，讓讀者無需上網一一去搜尋相關的背景資料，提供了一條深入了解作品的捷徑。

體驗經典的文字魅力

閱讀小木馬文學館一本又一本的世界名著時，我彷彿坐上時光機，回憶起與這些「變裝」後的世界名著相遇的點點滴滴。

《湯姆歷險記》以卡通的型態出現在老三臺的電視裡，吹著口哨的湯姆計誘朋友以珍藏的寶貝來換取刷油漆的工作，湯姆．索耶聰明淘氣的形象深深的烙印在我的腦海中；《紅髮安妮》每隔十幾年就被翻拍成電視劇或是電影《清秀佳人》；《格列佛遊記》藏身在國小的課文中，一年又一年，格列佛在課本裡，全身被釘住，上百支箭射向他；我在舞台上遇見了《莎士比亞故事集》中的羅密歐與茱麗葉；《悲慘世界》以音樂劇的形式在我的心中投下震憾彈；《偵探福爾摩斯》則讓年少的我躺在涼椅上抱著書不放，度過一整個暑假。我與希臘眾神的相遇則是在台東大學兒童文學研究所的「神話與童話」課堂中、在希臘愛琴海上的克里特島上。

小時候的我，看過「變裝」後的世界名著，現在再讀小木馬文學館以「書」的形式登場的這些名著時，著實被這些作品的文字魅力深深吸引住。「書」和卡通、電視電影等影音媒體大大不同，以水果來比喻的話，書就是水果，而卡通、電影是果汁。看書像是吃原味的水果，而看卡通、電影就像喝果汁，有些營養素不見了，口感也不同了！

比方說，在《湯姆歷險記》卡通裡，看不到馬克·吐溫寫的「不好的回憶就像寫在海灘上的字，幸福的大浪一捲來，馬上就消失無蹤。」在《清秀佳人》卡通裡，看不到「我現在來到人生的轉角了，雖然走過轉角後不知道前方會有什麼在等待著，但我相信一定是燦爛美好的未來，這又是另一種樂趣了。」這樣精采的字句，因此我誠心建議曾經與「變裝」世界名著相遇的人，千萬別錯過原著的文字世界。

閱讀，讓生命變得不同

小木馬文學館將這一系列世界名著的定位為「我的第一套世界文學——在故事中體驗冒險、正義、愛、歡笑與淚水」，兼具趣味性、易讀性、知識性、文學性，並展演出各式各樣的人性，冀望能為小讀者開啟人生第一道文學之門。我也極力推薦大人們和小朋友一起閱讀這系列書，一起聊聊書，在書中探索人心的神祕、奧妙與幽微之處，也一起認識這世界的種種不幸與美好。

法國的符號學者羅蘭．巴特（Roland Barthes）說：「閱讀不是逐字唸過而已，而是從一個層次進入另一個層次的過程。」

我也認為閱讀是一種化學變化，讀一本書之前和讀了一本書之後，讀者的生命將變得和原本不一樣了。看《悲慘世界》時，可以看到未婚生子的女工在底層環境裡養育孩子的辛苦，了解社會底層人士的生活樣貌；讀了《紅髮安妮》之後，也可以學習安妮正向樂觀的生活態度，對生活保持高度好奇心，並對周遭世界施以想像的魔法，讓世界變美麗！看《湯姆歷險記》時，才知道在現實生活中自己可能是乖乖牌席德，但內心其實很想扮演湯姆．索耶，偶爾淘氣、搗蛋、半夜去冒險。

書本能誘發我們的人生成長，而經典更絕對是最佳的催化劑。打開書吧，讓我們透過一本本世界文學經典的引領，進入生命的另一個層次！

前言

享受觀察與分析的推理樂趣

提到「名偵探」，大部分的人都會立刻想起夏洛克．福爾摩斯銜著菸斗、戴頂獵鹿帽、手拿著放大鏡的模樣吧。同時，也會浮現喀啦喀啦作響、穿梭於倫敦街頭的馬車以及濃霧之中街燈的光暈。

作者柯南．道爾生於西元一八五九年的英國，二十三歲時成為一名醫師，只是工作不太順遂，於是轉而投身寫作。多虧這個轉折，偵探福爾摩斯與助手華生這兩個舉世聞名的角色才得以誕生。

作者三十二歲那一整年（西元一八九一年），在月刊《海濱》發表了十二則短篇，後來集結成冊，於隔年發行，本書便是從中再精選的四則短篇故事。

閱讀這部作品時，讀者也許會和助手華生一樣，時而驚訝、疑惑，時而沉浸於解謎的過程之中。就讓我們一起跟著福爾摩斯冷靜觀察、分析、推理吧！

第三案　波士坎谷奇案

福爾摩斯時代的倫敦市區

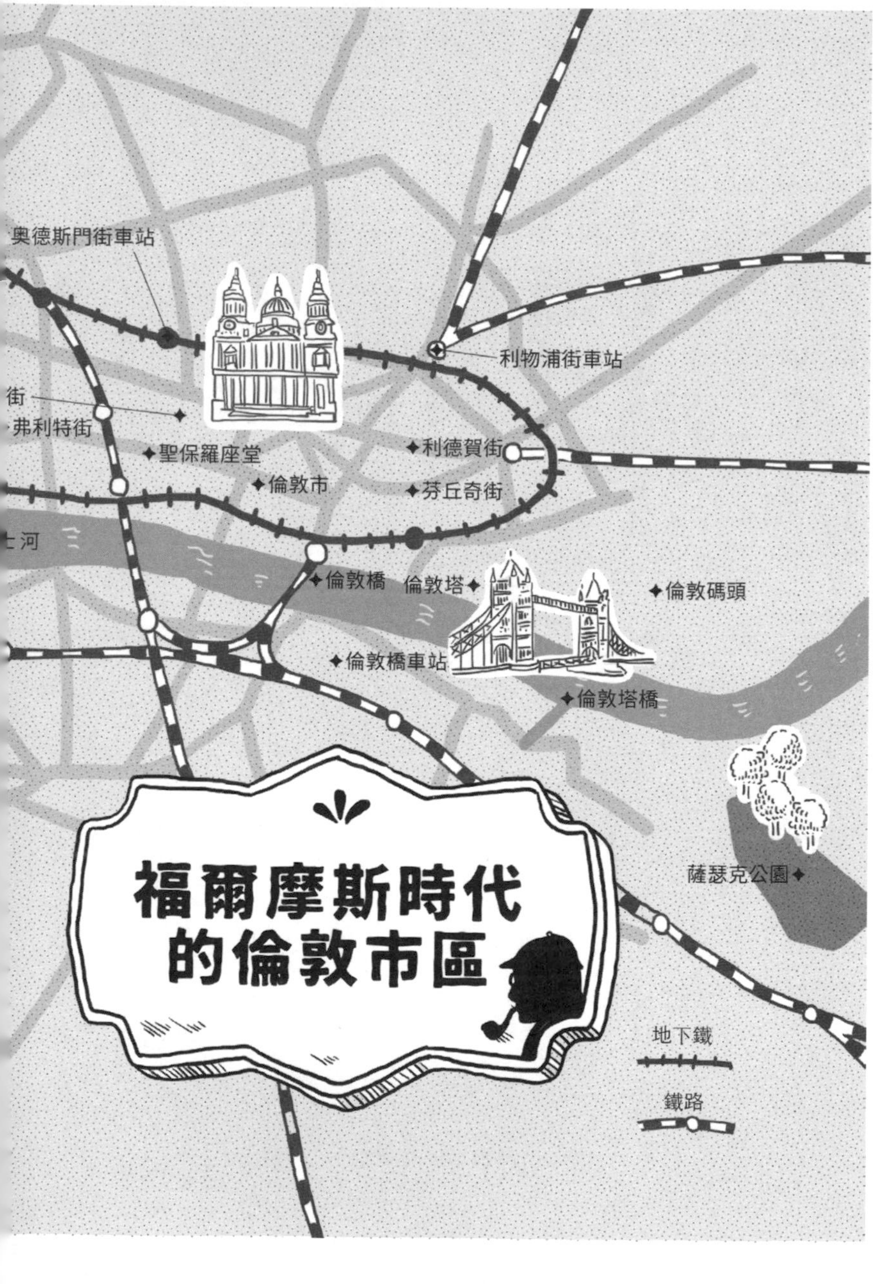

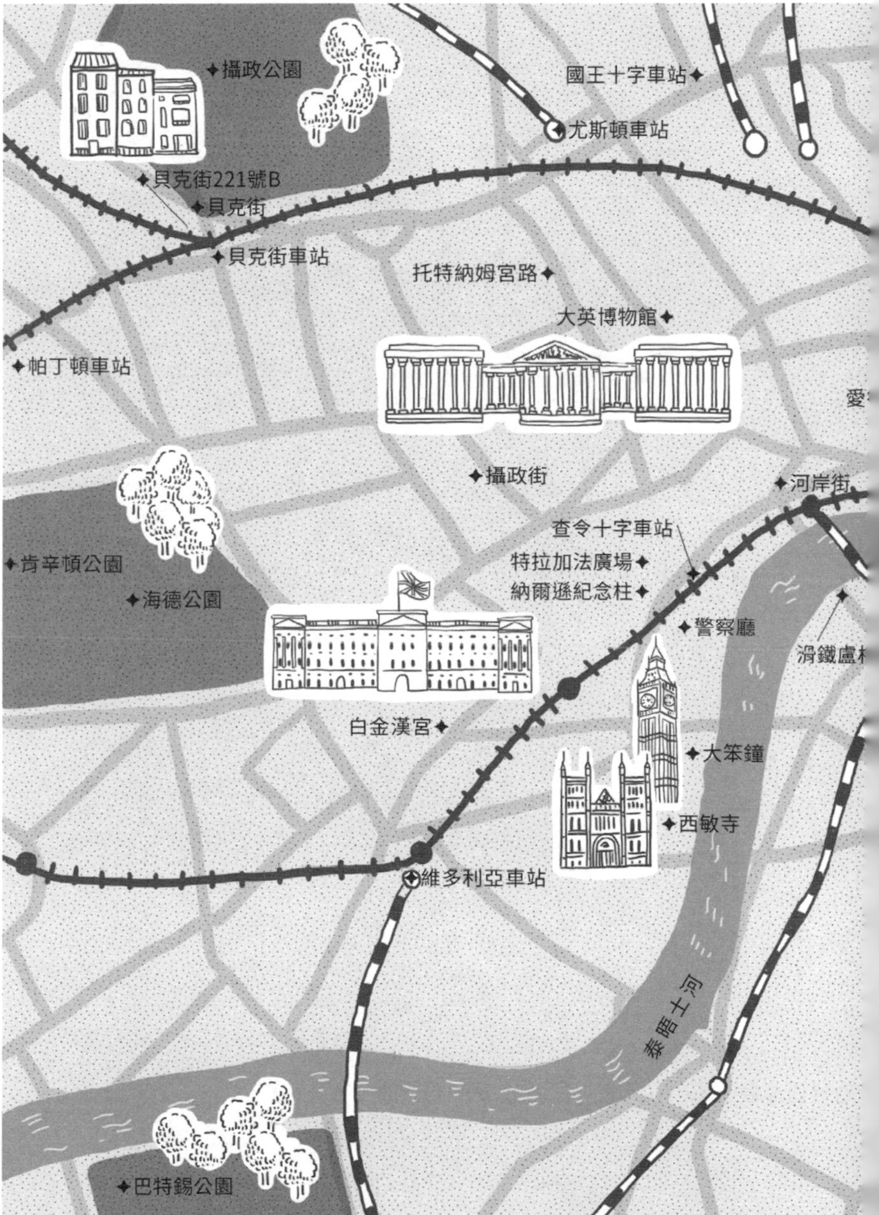
攝政公園
國王十字車站
尤斯頓車站
貝克街221號B
貝克街
貝克街車站
托特納姆宮路
大英博物館
帕丁頓車站
愛
攝政街
河岸街
查令十字車站
特拉加法廣場
納爾遜紀念柱
肯辛頓公園
海德公園
警察廳
滑鐵盧
白金漢宮
大笨鐘
西敏寺
維多利亞車站
泰晤士河
巴特錫公園

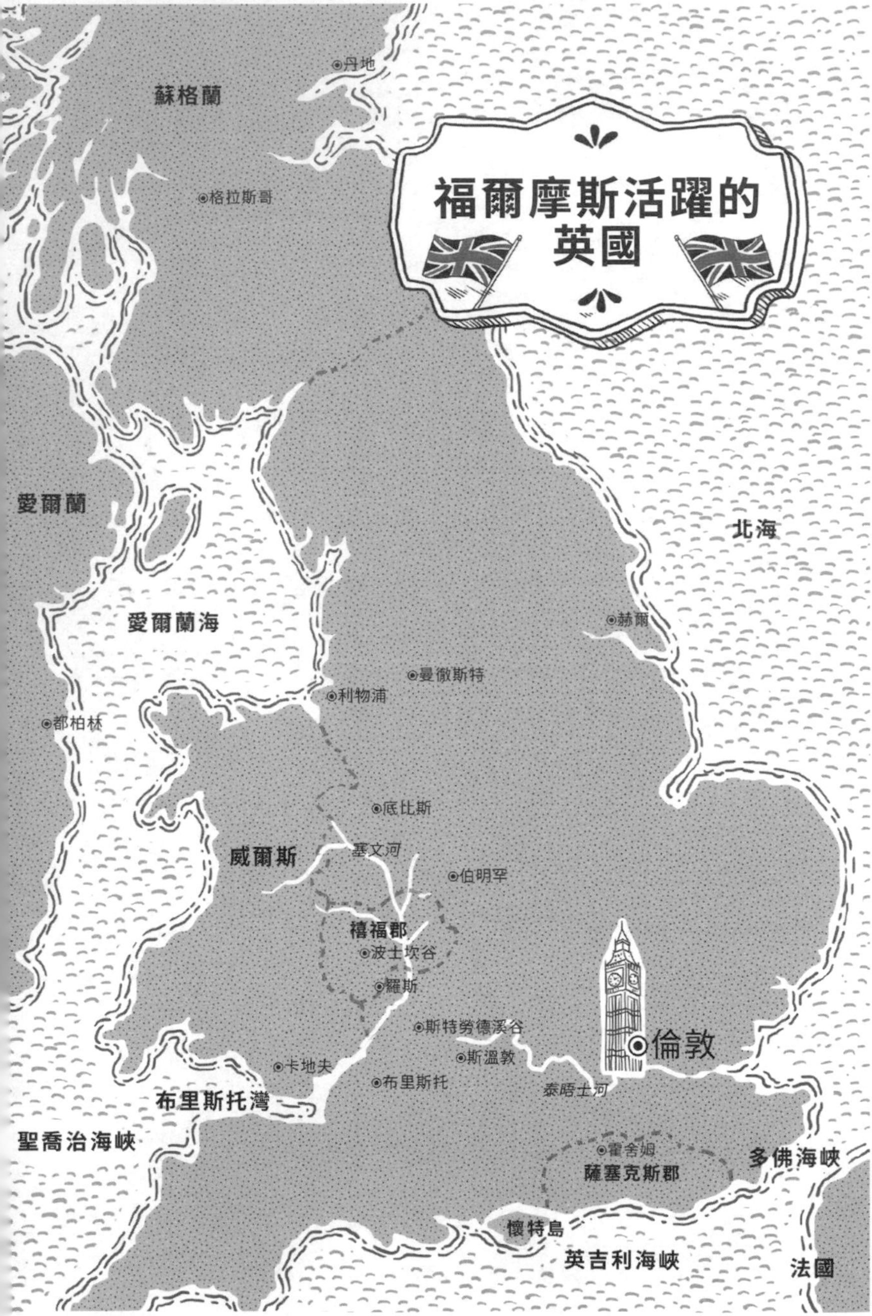

福爾摩斯活躍的英國
蘇格蘭
丹地
格拉斯哥
愛爾蘭
北海
愛爾蘭海
赫爾
曼徹斯特
利物浦
都柏林
底比斯
威爾斯
塞文河
伯明罕
禧福郡
波士坎谷
羅斯
斯特勞德溪谷
倫敦
斯溫敦
卡地夫
布里斯托
泰晤士河
布里斯托灣
聖喬治海峽
霍舍姆
多佛海峽
薩塞克斯郡
懷特島
英吉利海峽
法國

我相信，小讀者一定會被我的故事深深吸引，而已長大成人的老讀者則會再次回味過去體驗的緊湊張力。

柯南・道爾

Arthur Conan Doyle

摘自　一九二九年六月《偵探福爾摩斯長篇集》序言

第一案　紅髮俱樂部的祕密

紅髮男子

各位敬愛的讀者，我叫約翰．華生，是一名退役陸軍軍醫。在某次因緣際會之後，我和一位夏洛克．福爾摩斯先生開始一同居住在倫敦**貝克街二二一號B的寄宿公寓**二樓。

不過呢，這位福爾摩斯先生可不是簡單的人物。我這麼說，並不表示他是個壞傢伙，而是放眼全世界也難找到第二人的一流**私家偵探**。

他的頭腦構造異於常人，能夠根據遺落在案發現場的蛛絲馬跡推理出事情經過，追緝到真正的犯人，解決連**警察廳**都束手無策的懸案。

除此之外，他擁有過人的體力，格鬥技術也不遑多讓，舉凡劍術、拳擊、柔道……無所不能，更有不畏強敵的勇氣。

由於這段寄宿在同一個屋簷下的緣分，我成了福爾摩斯的助手，在他經辦「**暗紅色研究**」和「**四個人的簽名**」等棘手的案件時，提供些許幫助。從此以後，我便成為福爾摩斯的助手兼專屬作家，負責將福爾摩斯的精采事蹟忠實的傳達給各位。

不過，後來我和在「四個人的簽名」案件中結識的瑪麗．摩斯坦小姐結婚了。案件解決後，我告別福爾摩斯，搬離貝克街的寄宿公寓，在馬車路程約十分鐘的地方開設診所。幸運的是，光顧診所的人很多，我每天都忙得不可開交。

一八九〇年的某個秋日早晨，我造訪了久違的福爾摩斯的住處。一進屋，便發現他正和訪客在談話。那是一位年約四十歲，有著一頭烈焰般紅髮的紳士。

貝克街二二一號B
（第21頁）
倫敦市內實際存在的地址，目前是一棟高級公寓。但在福爾摩斯的時代，貝克街的編號只到八十五號，到了西元一九三〇年才擴增到二二一號。

「哦，有客人在啊。」

我正準備關上門離開時，福爾摩斯舉起手說：「你來得正好，華生，請先留步。你過來聽聽這位先生帶來什麼故事。整起事件太詭異了，實在令人匪夷所思。」

福爾摩斯頻頻摩擦雙手，這是他在異常喜悅或興奮時慣有的動作。

我聽從福爾摩斯的指示，在他旁邊的長椅上坐下。紅髮訪客一雙浮腫的細長眼睛懷疑的直盯著我看。福爾摩斯趕緊解釋道：

「啊，威爾森先生，您不必擔心，這位華生先生是位醫生，也是我熟識的友人，我經常請他協助我辦案，您有什麼話，大可以放心說。好，那就請重新描述您所遭遇的詭異經歷吧，我也需要再聽一遍，以免漏掉

寄宿公寓（第21頁）
居住之外也包辦伙食的出租公寓。

私家偵探（第21頁）
受雇於私人，暗中調查各種情報和犯罪證據的一種職業。

警察廳（第21頁）
指的是倫敦警察廳總部。昔日舊址位於蘇格蘭國王的行宮遺址「大蘇格蘭場街」，一般多以「蘇格蘭場」來稱呼。

任何線索。」

說完，福爾摩斯坐進沙發，雙手指尖併攏在一起，這是他深入思考時的習慣動作。

那位名叫威爾森的紅髮男子挺起胸膛，從口袋掏出一張皺巴巴的舊報紙放到桌上，接著用他粗壯的手指在上移動，搜尋起某篇報導。

於此同時，我如往常一樣模仿著福爾摩斯，觀察這名男子可能從事的職業或是有著什麼樣的特質，但我沒有什麼特別的發現。我只觀察到，他有一頭紅得如火焰燃燒般的頭髮，身上穿著磨損嚴重的**雙排釦大衣**和方格褲，露在**西裝背心**外的表鍊前端，掛著一小塊有四方形洞孔的金屬。他似乎遇上什麼不開心的事，整個人顯得焦躁不安。

《暗紅色研究》（第22頁）
又譯為「血字的研究」。「在倫敦的一間空屋裡發生了殺人事件，現場的牆壁上有著用血寫下的文字……」這部長篇推理小說發表於西元一八八七年，是第一部以福爾摩斯為主角的作品。

NEWSPAPER

福爾摩斯順著我的視線看去：

「如何呢，華生？你觀察出什麼了嗎？其實我也沒太多頭緒，不過我多少看得出來，這位先生曾經從事勞動工作，也去過中國旅行，還有他最近提筆寫過非常多的字，大致上就這些吧。」

威爾森先生一聽，「喀噠」一聲從椅子上跳起來。他用力瞪大細小的眼睛，直盯著福爾摩斯：

「您怎麼會知道這些事？您怎麼知道我做過工？確實如您所說，我年輕時當過船工，但您怎麼知道？」

「這沒什麼大不了，威爾森先生。」

福爾摩斯笑了笑。

「我看您的右手比左手大得多，關節處也很厚實不是嗎？而您右肩的肌肉也比左肩更發達，因此我才推

《四個人的簽名》（第22頁）

發表於西元一八九〇年，以一名女性每年都收到來歷不明的珍珠做為故事開端，是第二部以福爾摩斯為主角的長篇推理小說。

雙排釦大衣（第24頁）

長度到膝蓋處的大衣。當時，男性常將雙排扣大衣和條紋長褲一起搭配。

斷，您一定從事過需要用到右手的勞動工作。」

「唔，但您又是如何得知我去過中國呢？」

「在您右前臂不是有個魚的**刺青**嗎？能把魚鱗染成如此漂亮的桃紅色，這種技術只有中國才有。不過，其實只要看您表鍊上掛的中國硬幣，再怎麼粗心的人也看得出來您去過中國。」

「什麼嘛，原來是這樣啊。」

威爾森先生一屁股坐了下來。

「聽您這麼說明之後，確實也沒什麼大不了，我還以為您是不是施展了什麼魔術呢！」

福爾摩斯沒有回應，反而轉過頭來對我說：

「怎麼樣啊，華生？就像我一直以來所說的，所有無法理解的事物都是偉大的，相反的，無論多麼神奇的

西裝背心（第24頁）

一種沒有衣領和袖子的短版服裝，通常穿著於襯衫之外。

魔術，一旦揭露底牌就失去價值了。話說回來，威爾森先生，您還沒找到那則廣告嗎？」

「哦，找到了。」

威爾森先生粗壯的指尖指著報紙正中央一帶。

「您瞧，就是這個，事情的開端就是這則廣告。華生先生，請您自個兒過目吧。」

刺青（第27頁）

也稱為「紋身」。以沾有顏料的尖銳器具在皮膚上刻畫圖案，使顏色附著上去。除了做為裝飾，也有宗教以此為一種儀式。

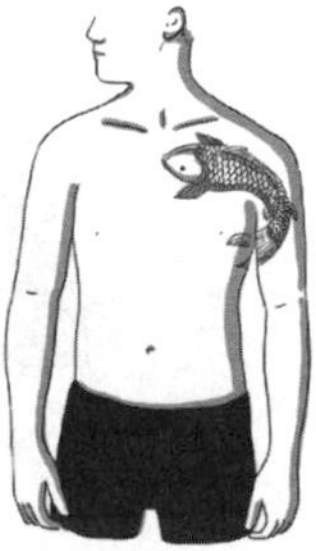

奇怪的廣告

那是一份剛好兩個月前的報紙，八月二十七日的《晨間紀事報》。我在福爾摩斯的指示下，朗聲讀起那則廣告。

致所有紅髮民眾：

紅髮俱樂部在此誠徵一名會員遞補空缺。會員每週可獲得四英鎊報酬，有意應徵者請於下週一上午十一時之前，親臨弗利特街教皇地七號的紅髮俱樂部。凡是紅髮、年齡在二十一歲以上且身心健全者，皆有應徵資格。任用與否將由會長鄧肯·羅斯親自面試決定。

「什麼啊，這到底是怎麼回事？」

我丟開報紙，嘴裡不住嘟囔。福爾摩斯一派自得其樂的樣子，搓著手說：「真有趣！這麼有意思的廣告，我先前竟然沒注意到，真是太大意了。接下來輪到威爾森先生您的故事了。首先，請從您的職業說起吧。」

威爾森先生擦了擦額頭的汗水，開口說：

「我在靠近**市區**的薩克斯科堡廣場經營**當鋪**。雖說是當鋪，規模並不大，員工也只有一個人而已。我的員工叫做文森．斯伯丁，我不清楚他的實際年齡，但他做事非常俐落，不像一般的年輕人。在做生意方面，他遠比我靈光多了。最重要的是，斯伯丁說他願意只領一半的薪水，減輕了我不少負擔。

不過，每個人都有缺點，斯伯丁也不例外。他有一

晨間紀事報（第29頁）

一七六九年創辦於英國倫敦的報紙，是當時倫敦人常讀的日報。作家狄更斯曾在這家報社擔任記者，後來他的小說也在這份報上連載。

市區

此指倫敦市。位於大倫敦都會區的中央，也是英國的金融、商業中心。

項嗜好，就是攝影。每次他拿著相機到處拍照之後，就會像兔子跳進洞裡一樣躲進地下室**沖洗照片**，久久不見人影。除了這件事，他可說是無可挑剔的員工。」

「那名員工目前還在職嗎？」福爾摩斯問。

「還在。我沒有老婆孩子，就跟這名員工還有一個幫忙煮飯的十四歲女孩，三個人住在一起。一切的開頭，都是因為這則報紙廣告。就在兩個月前，斯伯丁從外面帶回這份報紙，一臉惋惜的說：『如果我跟老闆一樣，有一頭紅髮就好了。』

於是我問他有一頭紅髮又怎麼樣呢？斯伯丁便說：『紅髮俱樂部現在缺一名會員，我要是像老闆一樣有一頭紅髮的話，第一時間就衝去應徵了吧。』

紅髮俱樂部？那究竟是什麼？我問。福爾摩斯先

當鋪
收取客人帶來的物品（抵押品），借出等值金錢的店鋪。假如客人無法在期限內還款，當鋪就會將抵押品拍賣，換取現金。當在這裡要讀作ㄉㄤˋ。

沖洗照片
拍照之後，在暗房中用顯影劑將照片顯像出來的過程。

生，我平常不太出門，而且我的工作不需要外出，客人就會主動上門了，有時候甚至可以連續好幾個星期都足不出戶。

『咦？老闆還不知道嗎？』

不知道呢。

『什麼！竟然不知道？您明明是最有資格成為會員的人，卻不曉得紅髮俱樂部的事，未免太無欲無求了。更何況，只要成為那個俱樂部的會員，一週就能得到四英鎊，一年大約就有兩百英鎊的收入呢。難得老闆您也是紅頭髮，不如就去看看，參加面試如何？』」

威爾森先生換了一口氣往下講：「聽他這麼一說，我突然有點心動。畢竟啊，福爾摩斯先生，我真是有點不好意思說，近來當鋪生意不太好，一週多賺四英鎊、一年多賺兩百英鎊，對我幫助很大。我要斯伯丁告訴我詳情，他就給我看了這份報紙，還說：『這個紅髮俱樂部的創辦人是美國有名的大富翁，名叫伊士堪·霍普金斯，雖然已經不在這個世上了，聽說年輕時曾經在倫敦生活，因為天生紅髮，從小就被朋友嘲笑，也因此吃了很多苦頭。他成為有錢人之後，因為對世上所有紅頭髮的人的遭遇感同身受，死前留下了遺言：

我死後，請將我的財產存進銀行，將那筆錢的利息贈與不幸的紅髮人士。

『聽說一旦成為紅髮俱樂部的會員，只要完成非常簡單的工作，每週就能獲得四英鎊的報酬。』

簡單的工作是指什麼？

『聽說是每天抄寫三、四個小時就可以了。我說老闆啊，眼睜睜看著這種好事從眼前溜走，您不覺得太可惜了嗎？姑且先別管會不會錄取，您就去試試看吧？』

在斯伯丁不斷鼓吹之下，我決定在接下來的星期一特地休息一天，親自到紅髮俱樂部去看看。不過，一個人去難免有些不好意思，所以我讓斯伯丁陪我一起去。他也因為能夠多放一天假，很高興便答應了。

結果呢，福爾摩斯先生，星期一早上七點我抵達教皇地的時候，簡直被眼前的景象嚇了一大跳——俱樂部前面擠滿了紅頭髮的人。雖說都是紅頭髮，但有些參雜著像橘子一樣的黃色，有些是磚紅色，有些是紅褐色，有些則是像**愛爾蘭雪達犬**的毛色一樣的橘紅色，什麼樣的紅色都有，簡直像市集一樣繽紛熱鬧。

但正如斯伯丁所說，反而如火焰燃燒般的紅髮並不多見。

眼見報名的人如此踴躍，我認為自己機會渺茫，準備要打道回府時，斯伯丁卻鼓勵我：『哎，您就先去報名再說嘛。』說完便推著我走上通往二樓辦公室的樓梯。樓梯上也是人滿為患，一邊是奮力想擠上樓的人群，人人都一副自己一定會被選上的樣子；另一邊則是沒有通過面試的人，垂頭喪氣的走下樓來，形成兩條人龍，簡直像車站樓梯一樣擁擠。斯伯丁帶我擠進上樓的隊伍，在人群推擠之下，我們很快就來到位在二樓的俱

愛爾蘭雪達犬
也稱為愛爾蘭塞特犬。是一種獵犬，動作敏捷，性情溫和。毛色為橘紅或赤褐色。

樂部辦公室了。」

莫名其妙的面試

威爾森先生說到這裡，捻起一小撮鼻菸嗅了嗅，試圖喚起更多記憶。

「威爾森先生，您說的事非常有意思，請您接著說後續的發展吧！」

福爾摩斯按捺不住內心的興奮，不斷摩擦雙手。威爾森先生掏出手帕擦了擦嘴巴，繼續說道：

「辦公室裡除了一個櫃子、一張簡單的桌子和兩張椅子之外，就什麼東西也沒有了。桌子對面坐著一名矮個子的男子，頭髮比我還要紅，就像是火焰燃燒般的顏色。斯伯丁悄悄湊向我耳邊說：『那位就是俱樂部的會長，鄧肯．羅斯先生。』

當時，辦公室裡還有比我先來的兩名應徵者，但羅斯先生只瞄了一眼他們的頭髮就說：『很抱歉，你們不合格。』然後就把人請了出去。

接著終於輪到我了。我戰戰兢兢的在椅子上坐下，紅髮會長一直盯著我的頭頂，最後突然想到什麼似的站了起來，走去把辦公室的門關上，然後再次回到我身邊，目不轉睛看著我。我不知道該說什麼，只好保持沉默。一旁的斯伯丁見狀便開口道：『這位是傑布斯・威爾森先生，他想要成為紅髮俱樂部的會員。』

此時，會長突然『咚！』的一聲敲桌：『哎呀，威爾森先生，您這頭髮真是太驚人了，我這輩子還沒見過如此完美的紅髮。』說完，他再次盯著我的頭，簡直像要看穿我的腦袋，害我不好意思起來。

一會兒之後，會長開口了：『不過，威爾森先生，為了慎重起見，俱樂部有嚴密的規定，所以……』

話還沒說完，他一把抓起我的劉海用力拉扯。我忍

鼻菸

用鼻子吸入的菸草粉末。吸鼻菸原本是美洲原住民的習俗，十七世紀傳入歐洲後造成流行。當時的人認為，抽菸時從鼻子或嘴巴吐出煙霧是沒有品味的行為。而鼻菸不會產生煙霧，因此隨身攜帶鼻菸成為紳士和淑女的象徵。

不住大叫一聲『啊！』，實在是痛得要命，還以為他一次拔掉我五、六十根頭髮了呢。

『哈哈，你都流眼淚了。看來是真的沒錯。』

會長露出滿足的微笑說。

『不瞞您說，威爾森先生，有些應徵者相當狡猾，他們會戴著紅色的**假髮**，或是故意把頭髮染紅，試圖矇混過關，所以我必須做些測試才行，很抱歉對您做出如此失禮的舉動。』

會長恭敬的向我行禮，走向窗邊朝外面大喊：『我們已經找到人了，剩下的各位請回吧。』

外頭傳來一陣騷動，人群逐漸散去，屋內只剩下紅髮會長、我和斯伯丁三人。

會長笑咪咪的看著我說：『威爾森先生，恭喜您成

假髮

古埃及就曾有使用假髮來保護頭部的情形。十七世紀起則是做為裝飾，在歐洲逐漸普及。過去多以真髮或動物毛為材料，現在則用人造纖維製作。

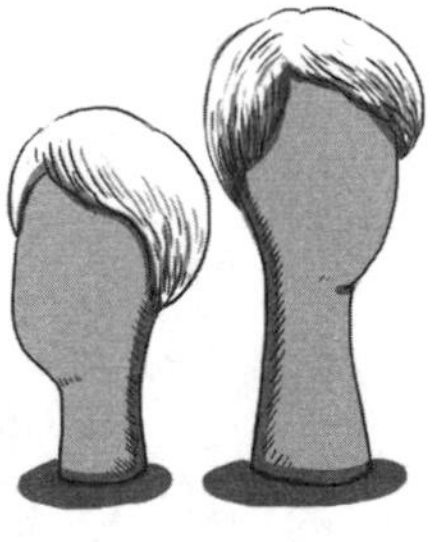

為我們的新會員。失禮了，不過我要先問一句，您結婚了吧？』

我回答他說我沒有老婆，也沒有小孩。

會長一聽，臉色立刻沉了下來。

『噢，您單身嗎？那可就麻煩了，因為按規定，紅髮俱樂部的會員必須要是已經成家的人呢。』

唉，福爾摩斯先生，您可想而知，當我聽到他這樣說，內心有多失望啊。好不容易過關斬將才錄取，卻在最後關頭敗下陣來，想到這裡，我沮喪得連話都說不出來了。

會長沉思了一會兒，大大的嘆了一口氣：『雖然規定是不能允許單身的人入會，可失去像您這樣擁有完美紅髮的會員對我們來說也是極大的損失。好吧，這一次就破例讓您加入吧。』

您知道我聽到這句話有多開心嗎？接著，會長又說：『對了，威爾森先生，您從明天開始可以工作吧？』

工作？我要做些什麼呢？

『其實也稱不上是什麼工作。』

您的意思是？

『哎呀，很簡單的。您只要將**百科全書**的內容抄寫在紙上就可以了。您瞧，那個櫃子裡有百科全書的第一冊，請您從家裡帶紙筆過來，在這張桌子上，從第一卷的〈A〉部分開始抄寫，從上午十點到抄下午兩點即可。』

這就麻煩了。我是經營當鋪的，沒辦法放任不管，難道不能通融一下，讓我在家裡抄寫嗎？

『恕我必須拒絕。根據規定，從上午十點到下午兩點為止，俱樂部的新會員都必須待在這間辦公室，如果您在那段時間內任意離開就會喪失會員資格。相對

百科全書
介紹各種知識的工具書。根據知識的內容分門別類，收集名詞、地名、事件、人物、著作等等做為條目，除了方便查閱，也能使讀者得到有系統的概念。西方的百科全書內容通常是根據各個詞彙的第一個字母，從A開始直到Z。

的，您確實遵守規則，我們每星期六都會給您四英鎊，分毫不差。』

聽他這麼一說，我再次陷入沉思。當鋪生意該怎麼辦才好呢？這時，斯伯丁在一旁開口了：

『沒問題的，老闆。您不在的時候，我會負責顧店，一點也不需要擔心。況且，白天幾乎都沒有客人上門，我一個人就足以應付了。』

我心想，他說的沒錯。福爾摩斯先生，相信您也知道，當鋪幾乎都是傍晚以後才有生意上門，尤其發薪日前的星期四和星期五傍晚是最忙的時候。

而且，就像我剛才說的，斯伯丁的眼光比我好多了，如果只有白天的四小時，當鋪交給他的確沒問題。於是我向會長表示明白了，我會從明天開始來這間辦公室工作。

會長也回以微笑：『那麼，威爾斯先生，就這麼說定了，再次恭喜您獲此殊榮。』然後送我們二人離開。

福爾摩斯先生，我歡歡喜喜的踏上歸途，可是當天晚上，我再度陷入了沉思。

一天抄寫四小時的百科全書，一星期就能獲得四英鎊，天底下哪有這麼輕鬆的工作呢？該不會是有人想捉弄我吧？會不會明天一覺醒來，這一切就會像夢一樣消失不見呢？我越想就越擔心。

斯伯丁見狀，笑著對我說：

『老闆，您也太杞人憂天了。如果真的有人存心捉弄，未免太大費周章了吧。別的不說，如此捉弄您也得不到任何好處吧？我覺得這件事沒什麼可疑的，總之，明早您親自去看看就知道了。』

聽他這麼一說，我也打定主意，隔天一早就備好**筆和墨水**，前往那間辦公室。令人高興的是，當我去到現場一看，一切都按照前一天約好的那樣進行。

羅斯會長確實在那裡等待我的到來。他要我自己從

筆和墨水

當時原子筆尚未發明，書寫時必須以筆尖沾取墨水。附在筆尖的墨水很快就會用盡，需要頻繁沾取才能寫字。

櫃子上拿出百科全書，放到桌上，他再告訴我要抄寫哪些部分，我立刻埋首於工作中。會長交代完工作後就離開了，但偶爾還是會來看看我的工作狀況。下午兩點一到，他再度來到辦公室，檢查我抄寫的紙張，然後對我說：『威爾斯先生，您的字跡很工整，抄寫的速度也很快，您的確是最適合這份工作的人。今天到這裡就夠了，請回去休息吧，明天再拜託您了。』送我走出門口後，他從外面鎖上門鎖，不知道往哪裡去了。」

美夢破滅

威爾森先生繼續說：「福爾摩斯先生，接下來的每一天，我都在上午十點前抵達紅髮俱樂部的辦公室，一直工作到下午兩點為止。羅斯會長一開始還會偶爾過來巡視，但他每次來時，我都老實的坐在桌前工作，或許他覺得可以放心把事情交給我，久而久之，他就只有早上來看一次，後來甚至一整天都不見人影。

當然，即使如此，我也從未想過要離開一步。而且，正如先前約定好的，每到星期六下午，他們就會給我四枚亮晶晶的一**英鎊**金幣。

當鋪那邊有斯伯丁幫我顧店，我自己則是每天坐在桌前四小時，一週就能多賺四英鎊，我滿心歡喜的認為世上不會再有比這更好的事了。

「很快的八個星期就過了。這段期間內，抄寫的進度相當順利，再一下下就能把〈A〉部分寫完，進入〈B〉部分了。抄完的紙也厚厚一疊，幾乎要塞滿櫃子的其中一格。我已得到三十二英鎊，而後面還有很多待完成。畢竟是百科全書，要抄到最後面的〈Z〉，少說也要花一、兩年的時間。

我好興奮，心想還真是賺到了呢，這下肯定能累積一筆財產。

可是呢，福爾摩斯先生，這時突然發生了一件意想不到的事，害我的美夢瞬間破滅了。」

「哦？怎麼說？」

福爾摩斯的眼睛閃爍著光芒。我也不由得望向威爾森先生，只見他舔了舔厚厚的嘴唇，接著說：

「今天是星期六，也是發薪水的日子，所以我比平常更充滿幹勁，出發前往辦公室。沒想到，到了那

英鎊
英國的貨幣單位。在當時的倫敦，一個人每個月有五英鎊的收入就能過上不錯的生活。

裡，不曉得怎麼回事，辦公室竟然大門深鎖，不管怎麼推、怎麼敲都打不開。等我回過神來，才發現有人用圖釘在門上釘著一張公告。您瞧，就是這個。」

威爾森先生從口袋中掏出一張明信片大小的白色厚紙板，上面用粗而清楚的筆跡寫著：

紅髮俱樂部已解散　十月二十七日

福爾摩斯和我一起盯著那張公告，接著，幾乎同時笑出聲來。不笑還好，一笑了出來，就更加覺得好笑，直笑得東倒西歪。

威爾斯先生見狀，猛然站起來，整張臉漲紅到額頭的髮際線。

「有什麼好笑的！如果您除了嘲笑別人的不幸什麼也不做，那我也不必來拜託您了，我這就去找別人。」

威爾斯先生激動吼著，作勢要離去。福爾摩斯慌忙伸手拉住他。

「請等一等，威爾斯先生，這麼有意思的事件，我怎麼可能放過呢？不過，失禮了，這件事確實有耐人尋味之處。話說回來，您看了這張公告之後有任何反應嗎？」

「我覺得眼前變得一片黑，畢竟一年兩百英鎊的美夢就這麼破滅了啊。我當時實在不知所措，只好跑去找住在同一棟建築物一樓的房東，問他紅髮俱樂部到底發生什麼事了？出乎意料的是，房東竟然沒聽過紅髮俱樂部，也完全不認識會長鄧肯．羅斯。

我說這就怪了。鄧肯．羅斯就是租下二樓四號室，那位身材矮小的紳士啊。對方一聽，『哦，你說的是那個滿頭紅髮的人嗎？他不叫鄧肯．羅斯，而是威廉．莫瑞斯啊。他是一位**事務律師**，說在新的辦公室落成前，要先把那裡當成臨時辦公室。昨天他告訴我，新辦公室終於整理好要搬過去了。對了，他還留了新地址給我，我看看——是愛德華國王街十七號。』

然後呢，福爾摩斯先生，我立刻前往他給我的地址，結果那是一間製造**護膝**的工廠，根本沒人聽過什麼鄧肯．羅斯或威廉．莫瑞斯。」

「唔，那你怎麼辦呢？」福爾摩斯問。

「我失望的回家了。我對斯伯丁說起這件事，他也歪著頭說：『這就怪了，說不定是發生了什麼事，所以偷偷把辦公室遷走吧。總之，您先稍安勿躁，過一陣子應該會收到通知吧。』

不過，福爾摩斯先生，我實在無法什麼都不做，只是悠悠哉哉等通知，畢竟那可是一星期能賺四英鎊的重要工作啊。我很想要知道會長的去向，盡快回到原來的工作崗位上。

福爾摩斯先生，我聽說無論什麼樣的麻煩您都有辦法解決，這就是我今天來這裡找您商量的原因。」

事務律師（第47頁）

英國律師分為訴訟律師和事務律師兩種。事務律師不親自出庭，而是負責和原告或被告會談，並準備出庭所需的所有書面資料。

護膝（第47頁）

當時的護膝做成和膝蓋相符的形狀，用來保護受傷的膝蓋。現在則多使用有彈性的材質製作，是為了防止運動傷害而穿戴的護具。

就這樣，紅髮的威爾森先生終於把事情的經過交代完畢。

福爾摩斯的疑問

福爾摩斯邊點頭邊說：

「您來找我，相當明智。我對這個案子非常有興趣，也很樂意為您調查，不過威爾斯先生，結果恐怕會比您想得嚴重許多。」

「當然！這關係到我一年兩百英鎊的收入啊！」

「目前為止，您沒有理由責怪這個奇怪的俱樂部吧？因為您已經從百科全書的〈A〉部分項目習得詳盡的知識，也賺得了三十二英鎊。」

「話是這麼說沒錯，但我還是想知道那個人究竟是何方神聖。」

「威爾斯先生，在我著手調查之前，想先請教您兩、三個問題。那名叫做斯伯丁的員工，大概是什麼時候來到您的當鋪工作？」

「這個嘛，大約是我成為紅髮俱樂部會員的一個月前吧。」
「是別人介紹他來的嗎？」
「不，他是看到我在報紙上刊登的徵人廣告來的。」
「應徵者只有他一個嗎？」
「不，除了他以外，我大概還面試過十二個人吧。」
「在那些人之中，您為何選擇了斯伯丁呢？」
福爾摩斯的問題相當尖銳，威爾森先生一時慌了：
「為什麼選他？就像我之前說的，因為斯伯丁說：『我想學習當鋪的工作，薪水減半也沒關係。』但是，福爾摩斯先生，我雇用斯伯丁是很正確的決定啊，他真的表現得很好。」
「他的外表如何？」
「身材矮小，體格結實，做任何事情都很機靈。年紀應該已超過三十了，但臉上乾乾淨淨的，一根鬍子也沒有。啊，還有，他的額頭上有一塊白斑。」

「嗯，正如我所料。」

福爾摩斯莫名興奮，邊摩擦雙手邊問道：

「他的耳朵上有耳洞的痕跡嗎？」

「有，他說那是小時候一個**吉普賽人**幫他穿的。不過，福爾摩斯先生，您怎麼會知道這些事呢？」

福爾摩斯沒有回答，「他現在在您的當鋪裡嗎？」

「在呀，我剛剛才請他幫忙顧店……」

「您來我這裡諮詢的事，沒有告訴他吧？」

「沒有。」

「那就好，接下來也請您保守祕密。話說回來，今天是星期六，我會在下星期一早上以前設法解開這個謎團，今天就請您先回去吧。」

「那就萬事拜託了，這對我來說事關重大啊。」

吉普賽人

居無定所的流浪民族，住在帳篷中，以演奏音樂、占卜和手工藝維生。起源於印度北部，主要分布於歐洲、西亞和非洲。

煙霧之中

威爾森先生離開後，福爾摩斯面帶微笑看著我：

「怎麼樣啊，華生，你對這起事件有什麼看法？」

「該怎麼說好呢？若只是惡作劇，未免太大費周章了，看來是個詭譎又神祕的事件。」

「沒錯，但越神祕、詭譎的事件，反而越容易解決。不過，現在已經沒有時間拖拖拉拉了，再這樣下去，後果不堪設想。如果威爾森先生再晚一天來的話，我也無能為力了。好在今天是星期六，目前我還有一點時間，手上也有一條線索。」

「那你打算怎麼辦？」

「抽菸。我需要足足三支菸的時間思考。華生，不好意思，請你接下來的五十分鐘都不要跟我說話。」

福爾摩斯抽起又黑又大的陶製**菸斗**，陷入沙發椅中閉目沉思，這是福爾摩斯在思考複雜問題時的習慣。我拿起一旁的報紙閱讀，不時轉頭看他，他始終保持相同的姿勢，簡直像是睡著一樣。不過看煙霧從菸斗**冉冉**上升就知道，他並沒有睡著。

不知道過了多久，就在我已經無聊到打盹時，突然傳來「嘎噠」一聲，原來是福爾摩斯站了起來。

「好，就這麼辦。華生，我們出發吧。」

福爾摩斯的雙眼閃閃發光。我想也沒想就站起來：「出發？去哪裡？」

「去紅髮威爾森先生的當鋪。好，快戴起你的帽子跟我來吧，我們要展開行動了。」

菸斗

填入菸草後點燃，用來抽菸的器具。

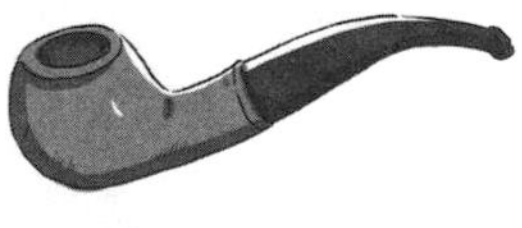

冉冉

音ㄖㄢˇㄖㄢˇ，緩慢行進的樣子。

福爾摩斯大顯身手

我們先搭乘**地下鐵**到半路，再步行前往當鋪所在的薩克斯科堡廣場。那是一條從大道延伸出來的小巷子，磚造的房屋櫛比鱗次，牆壁被熏成灰色。在某塊空地的角落，看得見象徵當鋪的三顆金球，和褐色招牌上寫著的白色文字「JABEZ WILSON」，一眼就可以看出那是紅髮威爾森先生的當鋪。

福爾摩斯來到當鋪前，銳利的目光來回穿梭於附近的房屋之間，最後忽然用**手杖**「叩叩叩」的敲擊了兩、三下腳邊的石磚。

「怎麼回事？你發現什麼了嗎？」

福爾摩斯對我的疑問充耳不聞，逕自走到威爾森先生的當鋪門前敲門。

門很快就開了，前來應門的是一名年輕男子，一臉精明，鬍子刮得乾乾淨淨，

JABEZ WILSON

個子不高，看起來動作挺俐落的。

「請問有何貴幹？」他問道。

額頭上有白斑，這個人正是員工斯伯丁。

「不，沒什麼特別的事，只是想請教該如何從此處前往斯特蘭德街而已。」福爾摩斯問。

「前面第三條街右轉，再四條街左轉。」年輕人倒背如流回答完，便當著福爾摩斯的面用力把門甩上。

「看來這傢伙挺狡猾的。」

福爾摩斯邁開步伐，同時轉頭對我說：

「論狡猾，他在倫敦排名第四，而說到膽量，恐怕排名第三吧。我曾在一起很小的案件中聽聞過其人其事，不過他並不認識我。」

「這次的事件應該跟他有什麼關聯，所以你才會假

地下鐵（第55頁）

在地下挖掘隧道建成的鐵道，專供火車或電車行駛。西元一八六三年通車的倫敦大都會線，是世界上最早興建的地下鐵。當時是燒煤的蒸汽式火車，造成嚴重的空氣汙染。

裝問路，藉機看看他長什麼樣子對吧？」

「我看的不是他的長相。」

「那你看的是什麼？」

「他褲子的膝蓋處。」

「什麼？他的褲子上有什麼東西嗎？」

「有我意料之中的事。」

「是嗎？那你剛才叩叩叩的敲當鋪前的石磚，又是為了什麼呢？」

「華生，你應該要留意觀察四周，而不是一直發問，畢竟我們現在可是深入敵營了呢。話說回來，這裡已經沒有其他需要調查的事情了，我們就轉往大道去吧。」

經過一個轉角，眼前就是大道。那是一條從市中心

手杖（第55頁）

原本是行走時的輔助工具，十八世紀時成為英國紳士外出的配件。

通往倫敦西北一帶的繁忙大道，馬車一輛接著一輛經過，人行道上也有行色匆匆的人潮。兩側的商店和辦公樓美輪美奐，與剛才那小巷裡的寒酸店鋪大不相同。

「讓我看看——」福爾摩斯站在街角環顧四周，「這一帶剛好位於那間當鋪的正後方。唔，有哪些店家呢？轉角是菸草賣店，然後是書報攤，再來是倫敦銀行的分行嗎？嗯，再來是餐廳，隔壁是馬車工廠的倉庫。好，這樣我就明白了，一切正如我所料。」

福爾摩斯不知道在自言自語什麼。

「你說你明白了，究竟是明白些什麼了？」

福爾摩斯忽略我的提問，「調查工作已經完成，剩下的就是對決了。」

「我們現在要去哪裡？」

「先用餐，再去欣賞音樂。我們先在那家店享用三明治和熱咖啡，然後直接前往聖詹姆士廳吧。今天下午有**薩拉沙泰**的**小提琴**演奏會。」

福爾摩斯熱愛音樂，不僅擅長演奏樂器，也會自己作曲。

當天下午，福爾摩斯在聖詹姆士廳徹底沉浸在音樂裡。看他隨著節奏擺動修長的手指，一臉做夢般陶醉的神情，任誰也不會想到他就是那位令全倫敦惡棍聞之色變的名偵探。

然而，沒有什麼比福爾摩斯如此放鬆的時刻更可怕的了。一旦放鬆時刻結束了，他就要大顯身手，即使在一般人眼裡有多不可思議、再怎麼困難的案件，他也能在轉眼間就處理妥當。我從旁看著福爾摩斯醉心於音樂的模樣，雖然不曉得下一個要遭殃的是誰，但我很清楚，那些傢伙就要大難臨頭了。

離開音樂廳後，福爾摩斯說：「華生，你先直接回家吧？」

「嗯，這樣也好。」

薩拉沙泰（第59頁）

一八四四年～一九〇八年。西班牙小提琴演奏家和作曲家，十九世紀後半活躍於倫敦，最為人所知的名作為〈流浪者之歌〉和〈卡門幻想曲〉。

「我要順道去一個地方，你先回去，我還得做一些準備。」

「準備？」

「嗯，雖然現在還來得及阻止犯行，但也因為今天是星期六，使得情況變得有點複雜。今天晚上我需要你的協助。」

「幾點？」

「十點就來得及了。」

「那我十點去貝克街。」

「過程可能會有點危險，記得把手槍帶在身上。」

說完，福爾摩斯轉過身去，隨即消失在人群中。

我自認為頭腦並不差，但每次和福爾摩斯在一起，總覺得自己像個笨蛋，這種感覺實在不好受。這次

小提琴（第59頁）

透過弦的振動來發聲的樂器。琴身由木製的共鳴箱與琴桿構成，上有四根弦，以弓摩擦琴弦來演奏。福爾摩斯擁有一把被視為名琴的史特拉第瓦里小提琴。

也是，明明我跟福爾摩斯的所見所聞都相同，我卻對事情的發展毫無頭緒。

然而，福爾摩斯早已發現我沒注意到的細節，甚至連對策都想好了。到底是什麼樣的犯罪計畫在暗中進行呢？從福爾摩斯的口氣聽來，他似乎在懷疑那名叫斯伯丁的員工，但那個人究竟在盤算些什麼？福爾摩斯叫我今晚十點帶著槍去找他，到時候又會發生什麼事？我越想越不明白，最後決定不想了。

夜晚的冒險

當晚九點十五分，我按照福爾摩斯的要求，帶了把手槍收在口袋裡去赴約。抵達福爾摩斯在貝克街的住處時，門前停著兩輛馬車，看來有客人。我走上二樓，進到福爾摩斯家一看，裡面有兩位來客，一位是先前就見過的警察廳彼德・瓊斯警官，另一位則是素未謀面的紳士。

那名紳士年約五十，身材又高又瘦，表情陰鬱，衣著十分講究，穿著嶄新而合身的雙排釦大衣，手上拿著一頂閃閃發亮的**絲質禮帽**。

「華生，你來得正好，這樣就全員到齊了。」

福爾摩斯的語氣相當輕快，只見他扣上外套的鈕釦，再從牆上取下**打獵用的鞭子**，這是福爾摩斯每次出門冒險時一定會帶在身上的武器。

「你已經見過警察廳的彼得．瓊斯先生了吧？那我來向你介紹這一位。」

福爾摩斯轉頭看向高瘦的紳士。

「這位是倫敦銀行行長梅里韋瑟先生，是我們今晚冒險的夥伴之一。梅里韋瑟先生，這位是我的摯友華生博士。」

梅里韋瑟稍微低了一下頭，並未開口說話。

聽到倫敦銀行之名，我才恍然大悟。白天在那條熱鬧大道上看到的科堡分行雄偉的建築，再度鮮明在眼前浮現。那家銀行與當鋪之間，應該有著某種關聯吧。

胖乎乎的瓊斯警官臉頰紅潤，笑咪咪的說：

「華生先生，我這次又要跟福爾摩斯先生合作了。福爾摩斯先生在尋找獵物這一點可說是專家，但逮捕犯

絲質禮帽（第63頁）

主要用來搭配男性禮服的絲質圓筒帽，最早出現於十八世紀末的英國。

人的關鍵時刻，還是需要我這種老練的獵犬。」

「希望不要白忙一場就好了。」梅里韋瑟先生喃喃說道。

瓊斯警官噘起嘴：「怎麼會呢，福爾摩斯先生的推理幾乎不曾失準，這一點我可以保證。」

「既然您都這麼說了，應該沒問題吧。」梅里韋瑟先生讓步了。「不過，福爾摩斯先生，我今晚可是丟下重要的牌局才來，這二十七年來，我可一次也沒錯過每星期六晚上的三輪牌局。」

福爾摩斯微笑著說：「相信我，梅里韋瑟先生，今晚的冒險絕對比三輪牌局更有意思。這是個非常大的賭局，關係到您會不會被盜走三萬英鎊。至於瓊斯先生，這個賭局將決定您能不能逮捕到長久以來鎖定的對

打獵用的鞭子（第63頁）

福爾摩斯除了手槍之外的另一拿手武器。是一種有彈性的短鞭，可以急速揮動、擊退敵人。

象。」

「沒錯！」瓊斯警官點頭，「那個叫約翰．克雷的惡棍，是有名的偽幣製造者，而且還是個強盜殺人犯。他的祖父是一位公爵，而他也受教於貴族學校，表面上看來是個老實的青年，實際上卻擁有不得了的犯罪頭腦。我千方百計要逮到他，但每次都只差一步就被他溜掉了，至今甚至都還沒看過他的長相呢。」

「要把他介紹給您，今晚正是時候。話說回來，已經快十點了，我們趕緊出發吧。梅里韋瑟先生和瓊斯先生請先上車，我和華生會搭下一輛馬車。」

潛入銀行地下室

坐上馬車以後，福爾摩斯很長一段時間都沒說話，一開口便說：

「華生，你帶槍來了嗎？」

「嗯，我帶了在戰場使用過的那把手槍。」

「那就好，據我推測，今晚的對手可能有兩到三個人。我們有瓊斯先生和一整個警隊的支援，他們一定逃不了。瓊斯警官，就辦案來說還不成氣候，但他就像**鬥牛犬**一樣勇敢，一旦鎖定了犯人就絕不放手。警察廳有那樣的人才，實在該感恩。哎呀，只顧著說話，都已經到了。」

馬車停下來的地方，是白天那條熱鬧大道上的倫敦銀行前面。入口處的門扉緊閉，附近商店卻還燈火通明，往來的行人和白天一樣多。

梅里韋瑟先生帶領我們穿過銀行旁邊的暗巷，走員工專用的出入口，從那裡緩緩向下，在坡道盡頭有一扇堅固的鐵門。

梅里韋瑟先生在那裡點燃**油燈**，拿出一串鑰匙，叮鈴噹啷找了很久，好不容易才打開門，讓我們進到建築物裡。大家進去以後，梅里韋瑟先生再度鎖上門，帶領我們繼續前進。

一行人沿著石造的螺旋階梯而下，結果又看見第二道堅固的門。穿過那道門以後，還有第三道鐵門。梅里韋瑟先生打開那道門，終於把我們帶到一處像地窖的方形空間。天花板、地板、四面圍牆都是由石頭打造而成，牆角堆滿運輸用的木棧板和大箱子。

福爾摩斯向梅里韋瑟先生借用油燈，照亮天花

鬥牛犬（第67頁）

中型犬種，又名老虎狗，或稱牛頭犬。源於英國，特徵為肌肉發達、體態穩重，臉部有皺褶，並且有獨特的扁鼻。雄性成犬一般約二十公斤。十七至十九世紀間，鬥牛賭博活動盛行，鬥牛犬被養來與公牛搏鬥，一八三五年英國明文禁止這類活動。現在多為看家犬或寵物。

板：

「看來無法從上面入侵呢。」

「何止是上面，下面也是絕對安全的。如您所見，地面都鋪滿了石板啊。」

梅里韋瑟先生邊說邊用手杖咚咚咚的敲擊地面，隨即大叫：「咦？這就怪了，聽起來像是空心的！」

「噓。」福爾摩斯慌忙制止梅里韋瑟先生：「請您保持安靜。您差一點就要壞了我們的計畫。請您坐到那邊的箱子上，千萬不要輕舉妄動。」

梅里韋瑟先生挨了罵，悻悻然走到房間角落，在木箱上坐了下來。福爾摩斯從口袋裡掏出放大鏡，跪在地上仔細檢查石板間的縫隙，最後終於一臉滿意的站起身來，邊把放大鏡收回口袋邊說：

油燈

在金屬製的容器中，放入浸過油的布料製成的燈芯，點燃即可用來照明。容器有許多不同的造型，圖示為福爾摩斯的時代常見的一種。

「在那些傢伙現身之前，我們大概還有一個鐘頭的時間，至少在那位紅髮當鋪老闆上床睡覺前，他們是沒膽動手的。話說回來，華生，相信你已經注意到了，我們現在就在倫敦一間大銀行的地下室。至於那些惡棍為何會看中這兒，就請梅里韋瑟行長親自解釋給你聽吧。」

「他們覬覦的是這間地下室裡的法國金幣。先前我們已經多次接獲警告，可能有人會來偷取。」梅里韋瑟先生刻意壓低聲量。

「法國金幣？」

「是的。幾個月前，銀行需要增加資金，向法國的銀行借來三萬枚**拿破崙金幣**，相當於六十萬法郎。不過，我們還沒有機會打開這些木箱，金幣存放在地下室

拿破崙金幣

廣義來說是流通於十九世紀的一種幣制，一枚拿破崙金幣相當於二十法郎。這是在法國拿破崙統治期間所發行的金幣，正面鑄有拿破崙肖像。

的消息就走漏出去了。我現在坐著的木箱，每一箱各有兩千枚金幣，也就是四萬法郎。這數量遠遠超過一個分行的正常庫存量，上級們也都很擔心。」

「正是如此。」福爾摩斯說，「總之，各位就拭目以待吧。相信不出一個鐘頭，就會發生一場騷動。說到這裡，我們也差不多該著手準備了。梅里韋瑟先生，麻煩您把手中的油燈罩上。」

「什麼？這麼一來，不就要在黑暗之中等待了嗎？」

「我們別無選擇。我本來在口袋裡放了一副牌，想利用等待的時間和您來一場您最愛的牌局，可現在看來，他們的計畫比想像中更周全，因此有光會很危險。何況，他們都是一些膽大包天的傢伙，不曉得會做出什麼事來，只有趁現在做好萬全準備，等時機一到，一起上前逮人。我會躲在這個箱子後面，你們就躲到那邊的去吧。等我一亮燈，大家就立刻衝上去。萬一對方開槍的話，華生，你也立刻回擊，千萬別手下留情。」

準備就緒

我躲到福爾摩斯指定箱子後面，解除手槍的安全裝置、放到箱子上，以便隨時發動攻擊。

同一時間，福爾摩斯用遮光板罩住油燈，周圍頓時陷入伸手不見五指的黑暗。我從未置身在如此的黑暗中。無論多麼努力睜大眼睛，依然什麼也看不見。唯有油燈燒熱金屬的味道，提醒我燈火還在持續燃燒，準備隨時將對方照個措手不及。地下室的空氣非常潮濕，我感到呼吸越來越困難。

在一片黑暗之中，福爾摩斯悄聲說道：

「他們只有一條退路，就是逃往紅髮老闆的當鋪。瓊斯警官，那邊的部署都沒問題吧？」

「我安排了一名警官和兩名警員，埋伏在當鋪門口。」

「謝謝。這樣一來他們就插翅也難飛。接下來，只要等他們自投羅網就行了。」

福爾摩斯胸有成竹。

等待的時間感覺非常漫長。事後我才知道整個過程不過才一小時又十五分鐘，當時卻以為天是不是都要天亮了。

一直蹲在箱子後面一動也不動，我的膝蓋和腰逐漸承受不住，隱隱作痛了起來。唯獨耳朵變得異常敏銳，連體格健壯的瓊斯警官粗重的鼻息，和梅里韋瑟先生輕如嘆息的呼吸聲，我都能夠清楚分辨。

時間一分一秒過去。

突然，一束微弱的光線從箱子對面的石板縫間透了出來。光線先是忽左忽右閃動，然後慢慢變成更亮的黃色光芒。

我緊張得屏住呼吸，雙眼緊盯著光線的來源。毫無預警的，光線中突然出現一隻手，蒼白得像女人的手一樣。

那隻手先是沿著石板縫摸索一番，又無聲無息縮了回去。只剩下從縫隙中透出來的慘白光線，繼續照著天花板，周圍再度陷入寂靜。

但那寂靜並未持續太久。突然，一陣東西碎裂的聲音傳來，一塊大石板被人猛然抬起，接著，地板上就出現一個大洞。洞裡先是出現一盞明亮的油燈，又出現一個年輕人的面孔，光滑的臉上一根鬍子也沒有。

毫無疑問，那個人就是當鋪的員工斯伯丁。

斯伯丁用銳利的眼神掃視周圍，似乎沒察覺異狀，用雙手撐住洞口兩側，先是讓肩膀和腰離開洞裡，最後把膝蓋靠在洞口。我還來不及看清楚，他已經敏捷的跳到地板上了。

惡賊約翰．葛雷

我咕嚕吞了口口水，轉頭望向福爾摩斯躲藏的箱子。但福爾摩斯毫無聲息，連他究竟還在不在那裡，我都無法確定。同一時間，斯伯丁站在洞口，向洞裡伸出手，低聲說道：「沒有異狀，阿奇。上來吧。」

斯伯丁伸手一拉，一名男子就從洞裡上來了。

那個人的身材和斯伯丁一樣矮小，還有一頭如烈焰燃燒般的紅髮。

「阿奇，你帶了袋子和**鑿子**吧？」斯伯丁問。

「嗯。」

「給我吧。」

正準備接過鑿子的斯伯丁，不知為何突然大叫一聲：「啊！糟了！阿奇，有人埋伏，快逃！」

福爾摩斯一個箭步衝上前去，一把抓住斯伯丁的後領。

名叫阿奇的男子連忙往洞裡跳。

就在那一瞬間，瓊斯警官也衝上前去，抓住阿奇上衣的衣角。一陣衣服撕裂的聲音傳來，阿奇就這樣掉進洞裡，消失得無影無蹤。

就在這時，被福爾摩斯逮到的斯伯丁亮出了手槍。

「糟糕，福爾摩斯有危險！」

我急忙拿槍對準斯伯丁，但福爾摩斯的動作更快，用鞭子擊中斯伯丁的手腕，他手中的槍應聲落地。

「這樣不行喔，約翰．克雷。要是敢輕舉妄動，倒楣的是你。」福爾摩斯的聲音一如往常的冷靜。

鑿子（第75頁）

一種前端有刀刃的工具，使用時手握柄的部分、用重物敲擊柄的末端，藉此來挖槽或打孔。

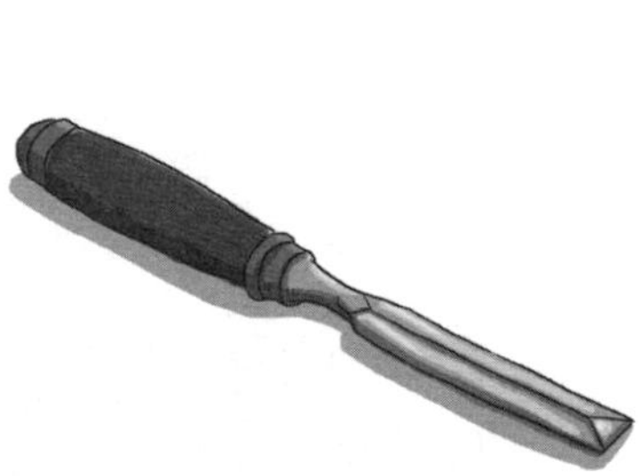

BANK

「看來的確如此。」那名叫約翰．克雷的男子也極其冷靜：「我的夥伴阿奇雖然被人扯下衣角，不過至少還是安全脫身了。」

「不幸的是，當鋪門前也埋伏了三個人。我想阿奇先生現在應該也搭上前往警察廳的馬車了吧。」福爾摩斯臉上堆起笑容。

「哦？看來你考慮得挺周到的，佩服佩服。」

「彼此彼此，約翰．克雷。虧你能想到紅髮俱樂部的主意，真了不起。」

「承你美言，不敢當。」約翰．克雷一臉很高興：「你就是夏洛克．福爾摩斯先生吧？由你來當我的對手，確實是與有榮焉，但你怎麼知道我會來這裡呢？」

「廢話少說。」瓊斯警官把**手銬**弄得喀喀作響：「把

手銬

一種刑具，用來使犯人的雙手不能自由活動。

手伸出來。」

「請別用你的髒手碰我。」

約翰・克雷被警官銬上手銬時，一臉嫌惡的皺起眉頭說：「警官，你可能不知道，我可是有貴族的血統，希望你在對我說話的時候，記得用『閣下』或『請』這些詞彙。」

「遵命，約翰・克雷閣下。」瓊斯警官聳起肩膀冷笑：「那麼，有勞公爵閣下移駕至地面上了。那裡已經備好馬車，隨時可以將閣下送往警察廳。」

「很好，這樣好多了。」

約翰・克雷舉止優雅的向眾人行禮後，任憑瓊斯警官銬著其中一隻手，緩緩步上階梯。

當我們隨著克雷走出地下室時，梅里韋瑟行長直接走到福爾摩斯身邊，握起他的手說：「福爾摩斯先生，太感激您了。如果沒有您鼎力相助，敝行肯定會蒙受無法挽回的鉅額損失，不知該如何報答您才好？」

「不必客氣，」福爾摩斯露出笑容：「我自己和約翰．克雷之間也有些許過節。這次案件產生的支出，就請貴行負擔吧？至於酬勞，由於我本身也獲得了寶貴的經驗，加上聽了紅髮俱樂部這麼有趣的點子，對我來說就已足夠。」

謎底揭曉

當天清晨，我們回到貝克街的家，福爾摩斯請我喝了一杯威士忌蘇打。

「我說華生啊，那個叫約翰．克雷的人，雖然是個壞蛋，可不覺得他的想像力實在太厲害了嗎？紅髮俱樂部這個主意，不是三流小說家能想出來的啊。」

「他究竟如何想出這個詭計？」

「依我推測，他應該是看到當鋪老闆的紅頭髮，再看到夥伴阿奇的紅頭髮，才會聯想到這個點子吧。銀行的地下室存放著六十萬法郎，但要怎麼把這些錢偷出來呢？從銀行內部是絕對不可能的，想來想去，唯一的辦法就只有從銀行附近的房子的地下室挖出一條隧道通往銀行。於是，約翰．克雷邊思索著『要從哪裡挖掘隧道』邊在銀行附近徘徊，結果，他看中的就是威爾森的當鋪。那間屋子就在銀行正後方，從那裡挖掘隧道絕對是最短的距離。只不過，他當然不可能拜託當鋪老闆：『請讓我從你家的地下室挖掘隧道。』無論如何，他都必須設法讓當鋪老闆一天外出幾個小時，才能趁屋內無人的時候展開行動。而且巧的是，當鋪老闆是個單身漢，沒其他家人。至於該怎麼做才能讓老闆每天出門呢？這就是約翰．克雷最傷腦筋的地方了。」

福爾摩斯用威士忌蘇打潤了潤喉嚨，繼續說：

「這時，約翰．克雷注意到當鋪老闆的紅頭髮，他想起自己的夥伴阿奇也有一頭紅髮，於是約翰．克雷開始了一場腦力激盪，也就是構思『紅髮俱樂部』這個前所未聞的傑作。首先，他臥底成為當鋪員工，住進威爾森先生的店裡，盡可能認真工作以博取老闆的信任。等時機成熟，便在報紙上刊登『紅髮俱樂部』招募新會員的廣告。另一方面，他讓紅頭髮的阿奇喬裝成俱樂部會長，坐鎮在臨時辦公室裡，再說服當鋪老闆前去面試。畢竟一天只要抄寫百科全書四小時，每星期就能獲得四英鎊，當鋪老闆當然會二話不說答應前往。對於那兩個惡棍來說，比起六十萬法郎的金幣，一星期四英鎊的支出當然不算什麼。可憐的是紅髮的當鋪老闆，做夢也沒想到在他出門的這段期間竟然有人那麼大膽就在自己家的地下室開挖隧道，而他卻每天勤勞的帶著筆和墨水去寫字。哈哈哈，他實在不是那些狡猾傢伙的對手啊。」

福爾摩斯邊笑邊在菸斗中填進新的菸草。他的這番話引起了我的興致。

「原來如此，這樣我就明白他們的計畫了，但你又是如何推理出這一切的呢？明明當鋪老闆說話的時候，我也在一旁聆聽啊，光靠那些線索，我實在想不到原來暗地裡正在上演著如此的詭計。」

「其實也沒什麼，我只是注意到他雇用的新員工斯伯丁願意以半薪為他工作，這件事讓我察覺一絲異狀，詳細詢問他的外型之後，我才發現那個人可能是通緝犯約翰．克雷。那麼，他成為員工住進當鋪裡，目的究竟是什麼？這時我突然想到威爾森先生說過，他熱愛攝影，只要有空就會躲進地下室沖片。約翰．克雷在當鋪的地下室做著某件事，但是是什麼事呢？他雖然是偽幣製造者，但他沒有理由大費周章借用別人的地下室來製造偽幣。照這樣看來，他會不會是在挖掘祕密通道，想要從地下室通往什麼地方呢？以上都是我個人的推測。然而，他的目的究竟為何？他想挖掘隧道通往何處？這些都是我當時尚未釐清的問題。

因此，昨天早上我才會和你一起前往當鋪。那時我用手杖敲著石板，你還覺得我很奇怪對吧？就是靠著那個聲音我才知道，隧道絕對不是往當鋪門口的方向挖。如果他真的在挖掘隧道的話，那一定是朝當鋪的旁邊或後方，但當鋪兩旁完全沒有任何目標是值得挖掘隧道前往的。那麼，剩下的可能性就只有當鋪後方而已了。不過，我並沒有直接繞到後面，反而先敲了當鋪的門。一如我所料，前來應門的人就是約翰·克雷。我沒有看他的臉，而是注意他的膝蓋。那時你問我：『他的褲子上有什麼東西嗎？』相信你也發現了吧，他的褲子上明顯殘留著長時間跪在地上挖洞的痕跡。光是看到這個，我就心裡有數了。之後，我和你一起繞到當鋪後面的大馬路上一看，發現在餐廳和書報攤中間，就是那棟雄偉的倫敦銀行。如果要挖掘隧道的話，沒有比這更好的理由了，整起事件至此幾乎已經可宣告破案。在那之後，我從音樂會回家的路上，順道繞去警察廳和銀行行長梅里韋瑟先生的家，最後才埋伏在那間漆黑的地下室裡。」

「原來是這樣，你這麼一說，我就明白了。但還有一點讓我很疑惑，你怎麼知道他們會選在昨天晚上下手呢？」

「紅髮俱樂部不是在昨天早上解散了嗎？這就表示隧道工程已經全部完工了，他們也就不再需要引誘那個紅髮的當鋪老闆外出。而隧道完工之後，他們必須盡快把金幣偷出來才行，一直拖延下去的話，隧道很快就會被人發現。

另外還有一點，昨天是星期六對吧？星期六晚上是最適合竊取銀行金幣的時間，因為銀行的人要察覺這件事，最快也要到星期一的早上，所以我推測他們會在這一天晚上動手。」

「原來如此。」

我不由得嘆了一口氣。

「真是太精采了！你只聽了當鋪老闆的說法就能推理出這些，有你這樣的人在，倫敦的惡棍恐怕一天都不得安寧。不過，對其他人來說卻是十分感激，你真是倫敦市民的恩人啊。」

「哪裡，你太過獎了。」福爾摩斯不好意思的笑了笑：「不過，多虧那位約翰．克雷閣下的妙計，替我無聊的日子增添不少樂趣。只是這下子，無聊的時光又要再度到來。唉，不曉得還有沒有誰能帶給我一點驚喜呢？」

福爾摩斯說著說著，身體沉入沙發椅，在菸斗的煙霧中，無精打采的闔上了雙眼。

（貝克街二二一號B，俯瞰圖）

第二案　消失的新郎

生活中的意外插曲

「我說華生——」

我和福爾摩斯在他貝克街上的寄宿公寓裡，一人一邊就著**壁爐**取暖時，他突然像發現什麼大事似的對我說：

「人生啊，遠比我們所想像的更為奇妙、難解且詭異。如果我們現在手牽著手飛出這扇窗子，翱翔於倫敦的天空，並偷偷掀起每一戶人家的屋頂，我想無論是哪戶人家，一定都有些與表象截然不同的驚人內幕或是由醜陋人性中的**齟齬**、嫉妒或陰謀所造成的漩渦。假如那些內幕還是代代相傳，直到今日才曝光，恐怕會令我們不寒而慄，害怕得從空中墜落吧。相形之下，小說反而流於陳腔濫調，一看就知道結果，總有一天會消失在這世上吧。」

「福爾摩斯，我不同意你的說法，小說還是比事實有趣多了。證據就是，每次閱讀報紙上的報導，都讓人感到太過低級；連警察的調查報告書，內容也都非常血腥，不過，它畢竟是**寫實主義**的產物，也不可能期待什麼藝術性或趣味性就是了。」

「華生，警察的報告書之所以顯得乏味，是因為刪去了不必要的細節，也不強調重要的線索，只是把事情從頭到尾交代一遍而已，其實那些被忽略的部分之中，隱藏著不少事情的真相。簡而言之，即使是在平凡的日常生活中，時時刻刻都有無法解釋的奇異事件在發生呢。」

「福爾摩斯，你會那樣想，是因為你是私家偵探，一般會來委託你的，大多是一些稀奇古怪的事件，除此

壁爐（第91頁）
開口朝向室內、煙囪則隱藏在牆壁中的一種取暖設備。突出牆壁的部分稱為壁爐台，也有裝飾的效果。

之外，世上發生的事多半都很無聊，就拿這個例子來說好了。」

我撿起報紙：「你看這篇標題斗大的報導，實在很無聊，上面寫著丈夫虐待妻子，內容我不用看也知道不外乎是丈夫酗酒、動粗、不務正業，附近鄰居看不下去就來勸架，總之就是這麼一回事。再怎麼不入流的作家，也不會寫這麼無聊的小事吧。」

「是嗎？但這個例子和你的看法不符。」

福爾摩斯接過報紙，快速瀏覽了一遍。

「這篇報導寫的是丹達斯家夫婦的分居，剛好我曾經接受委託，調查過其中的兩、三處疑點。事實上這位丈夫滴酒不沾也沒有外遇，他被控告的行為卻是每次用餐後，都會取下假牙丟向他的妻子。我想你應該也同

齟齬（第91頁）
音ㄐㄩˇㄩˇ，牙齒上下不整齊，比喻雙方意見不合。

寫實主義
十九世紀後期於歐洲產生的思想風潮。反對強調想像力和感受的浪漫主義，主張在文藝作品中忠實呈現現實。

意，這可不是一般小說家能想到的行為吧？好了，華生，吸一撮鼻菸，承認你舉的例子反而害自己站不住腳吧。」福爾摩斯說完，朝我遞出菸盒。

「話說回來，福爾摩斯，你目前在調查什麼案件？」

「我手邊大約有十件案子，卻沒有一件有趣的。不過，雖說不怎麼有趣，也都是一些重要的案件。事實上，越是平凡的案件，越能夠進行觀察、分析原因與結果，越重大的事件，動機越是顯而易見，單純到無聊。不過我相信不久就會有一件有趣的案子上門。」

福爾摩斯從椅子上站起來，走到窗邊，俯瞰底下的道路。

「噢，今天路上人來人往。別看那些人的步伐如此輕快，他們身上或許背負著龐大的陰影或煩惱呢。華生，你過來一下。你看，馬路對面站著一名女子對吧？我的直覺告訴我，她待會兒一定會來敲我的門。」

我越過福爾摩斯的肩膀往下看。的確，一名圍著毛皮圍巾、頭戴寬邊帽、身材高大的年輕女性站在馬路對面的人行道上，凝視著我們所在的公寓。

最後，她終於下定決心，像是準備游泳渡河似的，腳跟猛踢了一下人行道的邊緣，穿越貝克街而來。她走起路來身體一左一右擺動，毛皮圍巾和帽子上鮮豔的紅色**羽毛裝飾**也跟著劇烈搖晃。

接著，突然響起一陣尖銳的鈴聲。

「我先前也看過那樣的人。」

福爾摩斯把手中的菸扔進壁爐裡。

「從那鈴聲判斷，她已經忍耐到極限了。另外，她來到門口附近卻又猶豫不決，證明她是在為戀愛問題煩惱。換句話說，她想借助我的頭腦，卻又對於對陌生人揭露心中痛苦一事感到羞恥。不過，她應該不是吃了男人的虧，如果是這樣的話，她會毫不遲疑衝上前來，用力拉扯門鈴的繩子，扯到繩子都斷了才對。總之，我們

羽毛裝飾

當時流行以鳥類的羽毛做為女用帽子的裝飾。

很快就能從她本人口中得知事情經過了。」

就在這時，我們聽見一陣敲門聲，房東雇用的男孩探出頭來喊道：

「樓下有一位瑪莉．蘇德蘭小姐求見！」

打字小姐的請求

然而，不等福爾摩斯回應，蘇德蘭小姐已經站在男孩身後，就像一艘張滿帆的大商船，跟在一艘小**領航船**後面。

福爾摩斯親切上前迎接，然後關上門，請她在扶手椅上坐下。

接著，福爾摩斯以他招牌的出神表情，觀察起這位客人。然後，他開口了：

「您明明有近視眼，卻還如此辛勤操作**打字機**，想必一定很累吧。」

「是啊，但我已經很熟練了，不用看也知道哪個字母在哪裡。」

對方回答以後，才忽然反應過來：

「福爾摩斯先生，您聽誰提起過我的事嗎？」

「我從沒聽說過您的事，連您的名字我也是第一次聽到。」

「既然如此，您又怎麼知道我是靠打字維生？這實在讓我有點害怕。」

「請別擔心，**見微知著**正是我最擅長的本事。我受的訓練讓我總是能注意到別人忽略的部分，您不也是因此才會特地上門嗎？」

「是的，您說的沒錯。是埃瑟里奇夫人介紹我來的。夫人至今仍對福爾摩斯先生心懷感激呢。之前埃瑟里奇先生突然失蹤，夫人請求警方協尋，警方判定她先生已身亡，最後還是您為她找到人。求求您，福爾摩斯先生，請您也幫幫我吧。我雖然不是有錢人，除了打字的收入，每年也還有一百一十二英鎊可以自由花用。如果您能找到我的未婚夫霍斯莫・安吉爾的話，要我付出一切，我也在所不惜。」

領航船（第97頁）
在港口或比較狹窄的港灣，為了避免發生事故，會由小型船隻在前方替大船指引路線。這裡是用來比喻替蘇德蘭小姐帶路的小男孩。

「錢的事情您就不必擔心了。我更想知道的是，您究竟為何如此著急呢？」

看起來少一根筋的蘇德蘭小姐，臉上再度浮現驚愕的表情。

「您說對了。其實，是因為我父親溫德班克先生一直冷眼旁觀，我才會忍無可忍。他不但不報警，也不委託私家偵探，只是重複說著『別擔心，他哪天就會突然現身』，我才忍不住自己上門來。」

「您剛才提到父親，但他的姓氏和您不同，是您的繼父嗎？」

「對，他是我的繼父，我雖然稱他為父親，其實他只比我大五歲又兩個月，這樣喊他是有一點奇怪。」

「那麼您母親還健在嗎？」

打字機（第97頁）
十八世紀時由英國人發明的機器。用手指敲擊按鍵，就能將對應的文字印在紙上。

見微知著
看到事情的一小部分，就能知道全貌。著，在這裡讀ㄓㄨˋ。

「是的。母親在我的生父去世不久就再婚了，對象還是比她小了將近十五歲的年輕男子，當時我並不是很高興。我父親生前在托特納姆宮路經營一家有相當規模的**煤氣鉛管工程**行，他死後，就由母親與工頭哈迪先生合夥經營。沒想到，當時在進口葡萄酒的公司擔任業務員的溫德班克先生，竟然強迫母親賣掉工程行，而且才賣了四千七百英鎊。如果父親還在世的話，是絕不可能用這個價錢賤賣。」

福爾摩斯專注聽著蘇德蘭小姐沒完沒了的怨言，趁她停頓，抬起頭來問：「您剛才提到一年一百一十二英鎊的收入，是賣掉工程行得來的那筆錢的利息嗎？」

「不，賣掉工程行的所得全部由母親運用。我剛才說的一百一十二英鎊，是我在奧克蘭的內德叔叔留給我

煤氣鉛管工程

為了將煤氣輸送到住宅，在地下埋入鉛管的工程。英國發明了將煤氣化後產生煤氣的技術，於十九世紀初成立了煤氣供應公司，是世界上第一個將煤氣應用於商業的國家。

的遺產。根據他的遺言，我不能動用兩千五百英鎊的本金，只能每年領取百分之四點五的利息。」

「原來如此。您除了打字員的收入，一年還可以領取一百一十二英鎊，這麼優渥的條件可真令人羨慕啊。以一個單身女性而言，就算偶爾出門旅行或置裝，一年六十英鎊也很足夠了。冒昧請問，剩餘的部分您都如何運用呢？」

「我的花費更少呢，福爾摩斯先生。但只要我還住在家裡，為了不想造成母親的負擔，我把利息都交給母親和繼父。當然，這只是暫時的。

溫德班克先生每三個月就會去領出利息交給我母親，而我光靠打字的收入，便已足夠支應日常開銷。因為我打一頁可以賺兩**便士**，一天可以打十五到二十頁之

便士

英國的基本貨幣單位。過去，二百四十便士等於一英鎊，直到西元一九七一年，改訂為一百便士等於一英鎊。

多。」

「哦！真是令人敬佩。」

福爾摩斯點了點頭，朝我的方向伸出手。

「為您介紹一下，這位是我的助手華生博士，您可以信任他，就像信任我一樣。那麼，接下來就請您告訴我們關於霍斯莫．安吉爾先生的事吧。」

蘇德蘭小姐頓時紅了臉頰，把玩起裝飾在衣角的黑色珠子。

「我和安吉爾先生是在煤氣公司主辦的舞會上認識的。父親還在世時，煤氣公司就固定會寄來邀請函。父親去世後，他們也照樣寄邀請函給母親。為了感謝他們的好意，我覺得應該要出席才對，但溫德班克先生卻反對我參加舞會。他好像希望我當個足不出戶的千金小姐，連我想參加**主日學**的活動，他都會擺臉色給我看。不過，我也不可能一輩子乖乖照那個人，呃，我是說按照溫德班克先生的意思去做。何況那是煤氣公司主辦的舞會，很多父親的老朋友也會出席，我有什麼理由不能去見那些人呢？我表現出無論如何都要參加的決心，當面質問溫德班克先生，結果他惱羞成怒，說：『隨便妳，我要出門，眼不見為淨。』就跑去法國了。母親和前工頭哈迪先生帶著我出席了舞會，我便是在那裡遇見了霍斯莫・安吉爾先生。」

「溫德班克先生，」福爾摩斯對自己的想像力很有自信似的：「當他從法國回來，發現你們參加了舞會，心情一定很不好吧？」

「……」

「畢竟您趁他不在的時候，跑去參加他最反對您去的舞會。」

出乎意料的，蘇德蘭小姐搖頭了。

「不，他表現得非常高興，還說：『女人啊，不管你說什麼，她們還是會照自己的意思去做，阻止也沒用』。」

主日學

十八世紀後半在英國創立的一種課程。每逢週日或節日，由基督教教會將兒童、青少年聚集起來，傳授一般知識或教義，對當時英國的初等教育有相當正面的影響。

「唔，您說您是在那場舞會上認識了霍斯莫．安吉爾先生？」

「是的。那天晚上是我們第一次見面，隔天他還來見我，因為他擔心我們是不是平安到家了。後來，我們又在公園散步了兩次，之後因為繼父從法國回來，安吉爾先生也就不能再來找我了。」

「不能來找您？為什麼呢？」

「因為繼父不喜歡。可以的話，他會讓所有客人都吃閉門羹。他總說女人只要好好待在家裡就夠了。但我常跟母親說，那也要擁有自己的家庭才行啊，而我還沒有，不是嗎？」

「哎呀！那安吉爾先生呢？他可是克服阻礙來和您見面了？」

「因為繼父當時再過一星期又要前往法國了，安吉爾先生寫信告訴我，在繼父出發以前，還是先不要見面比較好，這段期間我們就通信就好，而他也確實寫信給我。每天早上我都會親自出門收信，所以不必擔心繼父會發現。」

「您稱他為未婚夫，所以兩位已經訂婚了？」

「是的，我們在第一次散步後就訂下婚約了。」
「那安吉爾先生在哪兒高就呢？」
「他在利德賀街的一間公司擔任會計。」
「可以告訴我公司的名稱和地點嗎？」
「您這就難倒我了，我並不清楚。」
「那您應該知道他住在哪裡吧？」
「不，他都睡在公司裡。」
「您既不知道他的公司名稱，也不曉得地址，那信又是如何寄到他手中呢？」
「我會把信寄到利德賀街郵局，他再去領。他說如果有女性寫信到公司來，會惹人閒話，因此才要我這麼做。我對他說：『那我用打字機打字總可以了吧？』他說他更討厭那樣，因為親筆寫的信，他收到時才會有來自我手中的真實感，如果使用打字機寫信的話，感覺我們之間好像隔著一台冰冷的機器。福爾摩斯先生，從這件事情就可以看出，他對我是真心的，而且他實在是一個非常細心的人。」

「蘇德蘭小姐，我也是一個非常細心的人呢。細微的事物總是比一眼可見的更派得上用場，我一向將這句話謹記在心。因此，請告訴我更多有關安吉爾先生的事，無論多麼微不足道的小事都沒關係。」

新郎在哪裡？

「好的，福爾摩斯先生。安吉爾先生是一個非常害羞的人，跟我一起散步時，總是很不好意思、怕被人看見，所以我們都會避開白天，刻意選在晚上見面。他很老實，一點也不喜歡引人注目。也因為小時候得過**扁桃腺炎**和一種致使**淋巴結**腫脹的疾病，習慣輕聲細語，聲音相當微弱、陰柔。此外，他跟我一樣眼睛不好，戴著一副用來遮光的深色眼鏡。」

福爾摩斯點了點頭：「那麼，在您的繼父第二次前往法國之後，又發生了什麼事呢？」

「安吉爾先生立刻就來我家拜訪，他氣喘吁吁的對我說：『好了，我們的機會來了。趁妳父親尚未回國以前，我們趕緊結婚吧。』我覺得這樣實在太倉促了，便

moonlight

和母親商量。結果，從一開始就很中意安吉爾先生的母親，簡直像期待已久似的對我說：『他會如此心急，代表他真的很愛妳呀，妳應該要正視人家的心意才對。』我答應安吉爾先生求婚時，他立刻從口袋裡掏出《聖經》，要我把手放在上面，對我說：『瑪莉，妳要向上帝發誓，無論發生任何事情，妳都不會和我以外的男人結婚。』我照他的意思發誓後，他又對我母親說，他無論如何都想在一星期內舉辦婚禮。我當然願意和安吉爾先生結婚，但是，就算繼父和我沒有血緣關係，不通知他一聲就擅自結婚，這樣真的好嗎？然而，他們兩人口徑一致要我別擔心，還信心滿滿對我說，到時候只要我誠懇的和繼父溝通，他一定會接受的。即使如此，我的內心還是有些遲疑，我認為在眾人祝福下結婚才是最幸

扁桃腺炎（第107頁）

扁桃腺是喉嚨深處兩側的卵形團塊，也是人體免疫系統的一部分。扁桃腺受到細菌感染就會腫起，稱為扁桃腺炎。

淋巴結（第107頁）

淋巴結就像是過濾器，能夠將入侵的病菌摧毀。身體在對抗入侵的病菌時，淋巴結內部的淋巴球會快速增殖，造成淋巴結腫脹。

福的，我討厭這樣偷偷摸摸的好像在私奔。於是我瞞著他們，寫信到法國波爾多的分店給繼父。不過，那封信卻在婚禮當天早上被原封不動退回來了。」

「信並未寄到您繼父手中吧？」

「是的。當時繼父剛好在回來的途中，再過不久就抵達英國。」

「那真是不巧啊。於是，兩位決定把婚禮辦在星期五，地點選在教堂對嗎？」

「對，但只宴請了少數的親戚。原本計畫在國王十字車站旁的聖塞維爾教堂舉行儀式，然後到飯店辦個簡單的宴會。當天早上，安吉爾先生搭乘兩人座的**二輪馬車**來接我，因為母親也陪著我，馬車坐不下，他又攔了一輛載客馬車。不巧的是，他攔不到二輪馬車，只攔到

聖經（第109頁）
記載了基督教教義的經典，分為「舊約」和「新約」兩部分，以耶穌降生做為分界點。

一輛老舊的箱型**四輪馬車**，但他毫不猶豫立刻坐了上去。我們的二輪馬車一路暢行無阻，率先抵達教堂。過了一會兒，四輪馬車也到了。我一直等著安吉爾先生開門下車，但我左等右等，都不見他開門。馬車夫也一臉納悶從駕駛座上下來，往車廂內查看，沒想到他突然大叫：『不、不見了！怎麼會這樣！』母親和我雙雙衝上前去，從窗口往裡面看，車廂裡連個人影也沒有。馬車夫嚴正說道：『我確實親眼看著客人上車了。在門啪嗒一聲關上以後，我才讓馬兒前進的，可是他人竟然憑空消失了。』福爾摩斯先生，這是上星期五發生的事。從他消失的那天起，一直到現在都音訊全無，我一點線索也沒有。」

「這樣的遭遇實在令人難過。」

二輪馬車

車廂可搭載兩名乘客，馬車夫手執皮鞭，坐在車廂的後方操控馬車。

福爾摩斯同情的語氣，引得蘇德蘭小姐正色道：

「安吉爾先生是一個善良的人，我想他一定是有什麼不得已的理由才會這麼做。否則，他不會在婚禮當天早上來接我時，一臉認真的對我說：『瑪莉，假如發生任何突發狀況將我們兩人拆散，妳也千萬別忘記曾說過的誓言，我一定會來接妳。』而且還重複了好幾遍。我當時覺得他也真奇怪，為什麼要在婚禮當天早上說這種話。現在回想起來，應該是有什麼苦衷吧。」

「聽起來確實如此，所以妳認為安吉爾先生遭遇了什麼不測嗎？」

「是的，我想他當時一定有什麼不好的預感，才會對我說那些話，也許他擔心的事情真的發生了。」

「對於他可能遭遇到什麼事，妳有什麼想法嗎？」

四輪馬車（第111頁）

可搭載四名乘客的箱型馬車。馬車會成為英國主要的交通工具，也是由於四輪馬車在十八世紀登場的關係。

「沒有。」

「那我再請教一個問題，關於這件事，您母親怎麼說？」

「母親氣得不准我在她面前提起安吉爾先生的名字。」

「您告訴繼父這件事了嗎？」

「是的。繼父的想法難得與我不謀而合，他也認為安吉爾先生一定是遭遇意外之災，還安慰我，既然是我選擇的對象，等對方把事情都處理好以後，相信他一定會再來找我。繼父也說，安吉爾先生說好要與我結婚，都將我送到了教堂門前，再當場拋棄我，這麼做對他有什麼好處呢？如果我是大富翁的女兒，借給他一大筆錢的話，那還說得過去。但是，安吉爾先生不是那種貪圖金錢的人。對於我的錢，他連一**先令**也不曾**覬覦**。那麼，他究竟發生了什麼事呢？那天之後，他再也沒寫信給我了。唉，我現在既擔心又不安，晚上也翻來覆去睡不著覺。」

蘇德蘭小姐拿出手帕摀住臉，抽抽噎噎哭了起來。

福爾摩斯從椅子上站起身：「蘇德蘭小姐，請放心，我一定會幫您查個水落石出。」

「您會幫我找到他吧？」

福爾摩斯嚴肅的說：「您現在該做的就是別再想找他，請忘了安吉爾先生，他已經離開了，請忘掉和他之間所有的回憶。」

「福爾摩斯先生，您的意思是我再也見不到他了嗎？」

「恐怕如此，我很遺憾。」

「那他究竟怎麼了呢？」

「總之，一切包在我身上。還有，我需要知道安吉爾先生確切的長相。如果有他的信，也請讓我拜讀。」

「我在上星期六的《晨間紀事報》刊登了一篇**尋人啟事**，這是那篇啟事的剪報。另外，我還帶來四封他寫

先令（第113頁）
英國的舊貨幣單位，一英鎊等於二十先令，一先令等於十二便士。西元一九七一年貨幣改制後已經停止流通。

覬覦（第113頁）
音ㄐㄧˋㄩˊ，想得到不該擁有的東西。

給我的信。」

「太好了。那您的住址是？」

「坎伯韋爾區里昂街三十一號。」

「安吉爾先生的住址不明？嗯。您繼父目前任職於哪間公司？」

「繼父在西屋馬班克公司擔任業務員。公司位在芬喬奇街，是一間專門進口波爾多葡萄酒的大公司。」

「這樣就夠了。情況我已經了解了，剪報和信件就暫時交給我保管吧。容我再提醒一下，請別忘記我剛才的忠告，您必須徹底放下，不要讓這件事對您的生活造成任何影響。」

「可是，福爾摩斯先生，我無論如何都無法釋懷呀。我願意等他，無論多久，我都會等安吉爾先生，我

尋人啟事

為了找出行蹤不明的人，公布其特徵、個人資料，讓看到啟事的人可以幫忙尋找。

都會等霍斯莫回來。」

蘇德蘭小姐把裝著剪報和信件的小袋子放到桌上之後，便離去了。

老實說，蘇德蘭小姐看起來的確不是很聰明，戴的帽子和首飾也過於華麗。但經過一番長談，可以感覺到她的真誠與坦率中帶有一種高雅的氣質。我和福爾摩斯不禁心懷敬意的目送她離開。

觀察比賽

委託人離去後，福爾摩斯一直坐在椅子上看著天花板，似乎是在思索著什麼。最後，他從架上拿起最好的商量對象——他最愛用的一只沾滿污漬的陶製菸斗，點燃香菸，吞吐起白色煙霧，看上去有些疲倦。

接著，他喃喃開口了。

「那位小姐帶來的案件，除了其中的兩、三點之外，並不是什麼稀奇的事。過去在荷蘭海牙和英國安多佛兩地都發生過類似的事情。唯獨她本人，倒是很有意思，簡直是用全身在傾訴。」

「福爾摩斯，看來你觀察到許多我沒看見的地方呢。」

「那是因為你的注意力和觀察力不足。你只顧著把精神集中在掌握整體印象，才會漏看最重要的部分。不曉得你從那位小姐的身上觀察到什麼呢？說來讓我參考參考吧。」

「別看我這樣，我的觀察力可是很敏銳的，我就從頭說起吧。她戴著一頂石板色的寬邊草帽，上面插著紅色的鳥羽毛；外套是黑色的，縫著黑色串珠，衣角有一整排黑色珠子；裡面的衣服是深褐色的，領口和袖口有紫色的天鵝絨裝飾；手套是灰色的，右手食指的地方有破洞。靴子嘛，我沒有看得很清楚，哦，對了，她還戴了一副金色的小耳環。整體感覺雖然稱不上高雅，但那一身裝扮應該也花了不少錢。」

我一說完，福爾摩斯就給了我一點掌聲。

「很精采，你的進步令人刮目相看。看來你已學會如何觀察了，對顏色的感受力也相當敏銳。不過，硬要

手搖式縫紉機

這種縫紉機以轉動把手的方式，帶動縫紉機上所附的針，將布料用線縫在一起。雖然英國在十八世紀末就出現了手搖式縫紉機，真正成為現代縫紉機原型的，是由美國人豪爾在十九世紀中期完成的手搖式縫紉機。之後再經由伊薩克·勝家加以改良，製造出第一台家用縫紉機。

挑剔的話，那就是你忽略了所有重點。」

「……」

「我在觀察女性時，首先會注意衣服的袖口，男性的話則是長褲的膝蓋部位。你說你看見那位小姐的衣服袖口處有紫色的天鵝絨裝飾，其實那是尋找線索的最佳切入點。天鵝絨是一種非常容易留下線條或痕跡的布料，而她手上靠近手腕處也有兩條清楚的印痕，因為打字的時候，手腕通常都會靠在桌上。雖然操作**手搖式縫紉機**也會留下相同的痕跡，但痕跡一定只會留在左手上，而且會留在靠近小指的那一側。再來，仔細觀察她的臉會發現，她鼻翼上有眼鏡的鼻墊壓過的凹痕。所以我才篤定的說她有近視眼，『那樣打字一定很累吧』這句話也讓她有點驚訝。」

「連我這個已經習以為常的人，也感到吃驚呢。」

「不過是牛刀小試罷了。繼續往下看的話，她兩隻腳上穿的靴子雖然造型很像，但其實是出自不同的兩雙，當我發現這點時，既驚訝，又覺得有趣。其中一隻鞋有小小的裝飾，另一隻卻沒有。除此之外，有五顆釦子的那一隻鞋，還只扣了下面兩顆而已。華生，一位注重儀容的年輕女士，如果兩腳穿著不成雙的靴子出門，鞋上的釦子還沒扣好，輕易就能推想她是匆匆忙忙出門的，不是嗎？」

「還有嗎？」我被福爾摩斯的推理勾起興致，繼續追問道。

「嗯，她今天早上穿戴整齊後，曾經寫過一封信。剛才你也注意到了，她右手食指的手套上有破洞，不過你漏了一點，她除了手套之外，就連手指也沾到墨水。也就是說，她寫信寫得太匆忙，在沾墨水的時候不小心把筆放得太深了。而且不僅是手套，連手指都沾到了墨水痕，這不就證明了她今天早上寫過信嗎？」

「原來如此。」

我再次對福爾摩斯敏銳的觀察和推理感到敬佩，福爾摩斯卻催促道：「好了，華生，該開始工作了。麻煩你幫我唸一下報紙，我想聽聽報上的尋人啟事是如何形容霍斯莫．安吉爾先生。」

打印字會說話

我把尋人啟事拿到燈下，讀出內容：

尋人啟事

姓名：霍斯莫．安吉爾

失蹤時間：十四日早上

身高：約一百七十公分

體格健壯，臉色稍顯蒼白。黑髮，頭頂微禿。留著濃密的鬍子和落腮鬍，常戴深色眼鏡，輕微咬字不清。

失蹤前身穿絲質、縫邊的黑色及膝禮服，黑色背心上垂掛著金色表鍊、下身是灰色毛料長褲和黑色踝靴。

工作地點：利德賀街某公司

若發現此人請將其帶往左列地址……

「好了好了，唸到這裡就行了。」

福爾摩斯舉起手，把霍斯莫．安吉爾寄給蘇德蘭小姐的信攤在桌上，瀏覽一遍。

「唔，全是了無新意的情書，從中無法看出霍斯莫．安吉爾先生的性格。不過，有一點格外醒目，如果你注意到了的話，相信你也會大感驚訝。」

「從頭到尾都是用打字機打印出來的，對吧？」

「沒錯。不僅如此，就連一般人一定會親筆寫下的署名，也是用打字機打出『霍斯莫．安吉爾』。雖然打上了日期，但地址只有利德賀街，沒有詳細的門牌號碼，恐怕是擔心哪一天有人找上門吧。不過，連署名都用打字，這一點是個致命的失誤。至於他犯下了什麼失誤，華生，你也已察覺到了吧？」

「如果被控騙婚，沒有他的親筆簽名，他就可以設法脫罪，是這樣嗎？」

「不對，大錯特錯。算了，總之我現在要來寫兩封信，一封是給位於市區的某公司，另一封則是給蘇德蘭小姐的繼父溫德班克先生，我想請他明天晚上六點過來一趟，來一場男人間的真心對談，相信到時候這起事件也會迎刃而解。」

我十分相信福爾摩斯過人的推理能力與超群的行動力。因此，看到他對這次接下的古怪事件表現出胸有成竹的態度，我知道他一定掌握了充分的證據。

回顧「四個人的簽名」那起駭人聽聞的案子，以及「暗紅色研究」超乎常理的案情，如果這世上還有福爾摩斯無法解決的案件，我想那一定極其詭異而複雜。

我離開時，福爾摩斯還在吞雲吐霧，但我深信明晚來到這裡時，他一定已經掌握了全部的線索，查出蘇德蘭小姐失蹤的新郎真實身分。

那陣子我正在治療一名重病的患者，因此隔天我從早到晚照顧著這位病患。到了傍晚將近六點，患者的病情總算有了起色，我才放心跳上馬車，直奔福爾摩斯的住處。

由於比預定時間晚到，我很擔心自己來不及參與案件的解決過程。

但我抵達時，只見到福爾摩斯修長的身體窩在椅子上，獨自沉浸在假寐當中。屋內排放著凌亂的瓶子與試管，空氣中有股刺鼻的鹽酸味。

看來，他整天的時間都花在他最愛的**化學實驗**上了。

「福爾摩斯，你進行得如何？找到答案了嗎？」

「嗯，是**氧化鋇**的**硫酸氫鹽**。」

「不是啦，我說的是那個案件。」

「哦，你說那件事呀，我以為你問的是我今天研究了一整天的鹽類呢。正如我昨天說的，雖然有幾處細節挺有意思，但整起事件其實沒什麼特別，唯一的遺憾就

化學實驗

以玻璃容器將化學藥品混和、加熱等等，透過實驗來了解物質的性質與變化。

氧化鋇

化學式為 BaO，是鋇的正常氧化物，為白色固體。它可由鋇在氧氣中燃燒，或鋇鹽熱分解製得。氧化鋇具刺激性，接觸皮膚、眼睛或吸入會造成疼痛和紅腫。

是沒有法律可以教訓這個無賴。」

「你說的無賴到底是何人？他為什麼要拋棄蘇德蘭小姐？」

我的問題還沒問完，樓梯間就傳來腳步聲，接著有人敲了門。

「華生，蘇德蘭小姐的繼父溫德班克先生到了，他說六點會來這裡。」

福爾摩斯起身前去應門。

走進來一名年約三十的男子，個子不高，但體格頗為結實。

他的鬍子刮得乾乾淨淨，相當斯文，唯獨灰色的雙眼散發著異常冷淡與銳利的光芒。他看了福爾摩斯和我一眼之後，把絲質禮帽放在邊櫃上，稍微低頭致意後便

硫酸氫鹽（第125頁）

一種離子，化學式為 HSO_4^-，含有這種成分的化合物稱作硫酸氫鹽。

在椅子上坐下。

福爾摩斯拿起信封：「您就是詹姆士・溫德班克先生對吧？感謝您大駕光臨。這封用打字機打的信，是您寄給我的吧？內容提到您會在六點前來，不過現在已經超過六點許久了。」

「抱歉，我遲到了。您的來信讓我十分意外，這次小女真的給您添麻煩了。其實我從一開始就極力反對她來尋求您的協助，但您見過她也知道，她是那種一旦堅持起來，誰的話也聽不進去的人，因此才會不顧我的攔阻來到這裡。好在您不是警方的人，不過，家醜畢竟不該外揚，而且還得浪費一筆錢，再說，哪怕是請到像您這麼優秀的私家偵探，也絕不可能找到霍斯莫・安吉爾的下落吧。」

福爾摩斯聽了之後說：「您當然會這麼認為。不過，我已經掌握了關於霍斯莫・安吉爾先生真實身分的線索。」

溫德班克的身體震了一下，不小心把手套掉在地上。

「哦？那真是、真是了不起啊。」

「打字機是一種很有趣的機器。機器打出來的字，就和人的筆跡一樣，有著獨一無二的特徵。那些特徵在打字機還很新的時候不會顯現出來，但操作得越久，就會越明顯。有些字母磨損得比其他字母更厲害，有些字母可能只有一部分磨損，沒有兩台打字機可以打出一模一樣的字。比如您的這封信好了，每一個『e』的上緣都有些模糊，『r』則少了尾巴。據我觀察，這台打字機的特徵總共有十六種，『e』和『r』只是其中最明顯的例子罷了。」

「我在公司寫信都用同一台打字機，磨損也是理所當然的。」

「不過呢，溫德班克先生，」福爾摩斯從書桌抽屜裡拿出四封信，「這幾封用打字機打成的信，都是下落不明的安吉爾先生寫給令嬡的。奇怪的是，不知道為什麼，每一封信的字母『e』上緣都有一點模糊，字母『r』則是全部都少了尾巴。如果用放大鏡仔細觀察，應該也可以輕易發現剛才沒提到的其他十四種特徵吧。」

溫德班克先生從椅子上跳起來，抓起絲質禮帽。

「福爾摩斯先生，我還有事要忙，沒空聽您說這些與我無關的事，恕我告辭。

如果您想逮到那個人，請不必手下留情。抓到他以後，麻煩立刻通知我一聲。」

「好的。」

福爾摩斯不知道在想什麼，一個箭步衝到門邊，喀啦一聲就把門給鎖上。

「那就照您的意思，知會您一聲吧，我已經逮到人了。」

「您、您這是什麼意思！他人在哪裡？」

溫德班克像落入捕鼠器當中的老鼠般，慌亂的左顧右盼又吼叫。

福爾摩斯冷冷的回應：「溫德班克先生，請您敢做敢當，乾脆就範吧，再怎麼掙扎也無路可逃了。您剛才當著我的面，說我絕不可能找到霍斯莫·安吉爾，但我可是能化不可能為可能呢。好了，請在那張椅子上坐下，我們好好談談您今後該何去何從。」

一人分飾二角的一流演員

溫德班克像死人一樣臉色慘白，額頭上冒出斗大的汗珠，四肢無力，癱坐在椅子上。他結結巴巴的說：「可、可是，我並沒有犯法。」

「您確實沒有犯法。不過，我當私家偵探這麼多年，第一次碰到這麼惡劣、殘忍、計畫縝密的事件。接下來，我要從頭敘述事情的經過，如果我哪裡說錯了，還請您儘管指正。」

溫德班克整個人蜷縮在椅子上，頭垂得很低，一副徹底被擊垮的模樣。

福爾摩斯窩進椅子把雙腳跨在壁爐台上，手插在口袋裡，與其說他是在對我們說話，不如說是在自言自語更為貼切。

「話說有名男子因為貪圖錢財，找了一個比自己年長很多的寡婦結婚。而且，只要繼女一直和他們住在一起，連她的錢也可以納為己有。女兒的錢對夫妻兩人而言，實在是一筆龐大的金額，一旦沒有了這筆錢，他們的收入就會銳減，所以得想盡辦法留住才行。女兒不僅生性善良、氣質出眾，為人親切、容貌美麗，收入也不錯，不可能永遠單身。可想而知，對那男人而言，女兒結婚就等於一年損失了一百一十二英鎊。為了阻止這件事發生，他採取了什麼手段呢？一開始，他不讓女兒出門，為了不讓她結識優秀青年，連宴會也不准她出席。最初，乖巧體貼的女兒勉強聽從了繼父的命令，但是，到了適婚年齡，她也懂得要為自己爭取權利了。終於有一天，她態度堅決，表示要去參加煤氣公司主辦的舞會。於是，心懷不軌的繼父便把目標轉向女兒的母親，也就是自己的妻子，說服她

一人分飾二角

原意是由一位演員扮演兩個不同的角色，這裡則是指，故事中有一位人物同時擁有兩個不同身分。

助他一臂之力。他戴上深色眼鏡，遮住銳利的目光，用鬍子和落腮鬍變裝，連原本男性清晰嗓音都特意裝得尖細。不僅如此，他還利用女兒患有近視這一點，喬裝成霍斯莫．安吉爾，出現在女兒面前。他為什麼要這麼做呢？答案是要讓自己成為女兒的戀人。只要有了交往的對象，她就不會再把其他男人放進眼裡。」

溫德班克呻吟道：「一開始真的只是好玩而已，誰知道她竟然比我當初所想的更為霍斯莫．安吉爾著迷。」

「所謂的愛情，就是這麼回事啊。可想而知，這位現在已不多見的單純女孩，愛上了名叫霍斯莫．安吉爾的青年。她相信囉唆的繼父已遠在法國，和繼父串通好的母親也滿口稱讚霍斯莫．安吉爾，於是，她就越陷越深了。最後，安吉爾計畫登門拜訪。為了使計畫發揮效果，他必須把戲演下去。兩人約會幾次之後，決定互許終身。這麼一來，他就不必擔心女兒移情別戀了。只是，這場戲不可能演一輩子，每次都要假裝去法國出差也很麻煩。最好的收場方式，就是一個戲劇化的結局，在女兒心中留下永遠無法抹滅的記憶，讓她好一段時間都無心尋找新的對象。安吉爾

先是讓女孩把手放在《聖經》上發誓，又在婚禮當天早上有意無意暗示可能會有事情發生。

溫德班克希望蘇德蘭小姐被困在對安吉爾的思念裡，對方行蹤不明，未來至少有十年的時間，她都無心理會其他的男人。雖然安吉爾把蘇德蘭小姐送到教堂門口，婚禮卻不可能繼續進行下去，所以用了一種老套的伎倆，從四輪馬車一邊的門上車，再從另一邊的門跳下車，就此消失得無影無蹤。我想，這就是事情的經過，沒錯吧，溫德班克先生！」

在福爾摩斯說這一大段的時候，溫德班克逐漸恢復冷靜，蒼白的臉上露出一抹冷笑，接著從椅子上站了起來。

「福爾摩斯先生，您說的可能是對的，也可能不對，但是，如果您夠聰明的話，就會知道現在犯法的人可不是我，而是您自己啊。我從一開始就沒做出任何犯法的事，但您現在把門鎖起來的舉動，可是觸犯了**恐嚇**和**妨害自由**呢。」

「的確，法律無法制裁你。」福爾摩斯打開門鎖，邊開門邊說：「但沒有人比你更應該受到懲罰。如果那位年輕女孩有兄弟或是男性朋友，一定會用棍棒把你打得滿地找牙，混帳東西！」

看見溫德班克臉上露出輕蔑的笑，福爾摩斯火冒三丈，繼續說：「雖然蘇德蘭小姐沒有這麼拜託我，但手邊正好有條打獵用的鞭子，不如就由我來……」

福爾摩斯作勢要去取鞭子，但還沒拿到，耳邊就傳來倉皇下樓的腳步聲，緊接著，樓下玄關的門被重重關上了。

從窗口往下一看，就看見溫德班克穿越馬路的身影。

「真是個沒血沒淚的壞蛋。」

福爾摩斯笑著說完之後，再次倒向椅子。

「那個人一定會接二連三犯案，總有一天會犯下重

恐嚇
以言語或行動表達出要危害他人的生命、身體、自由、名譽和財產等等的意思，是一種犯罪行為。嚇在這裡讀ㄏㄜˋ。

妨害自由
例如將別人鎖在房間裡、用車子強行載走等等，使人無法離開特定場所的犯罪行為。

罪，把自己送上**死刑台**的。話說回來，這次的事件還是有些有趣的地方。」

「福爾摩斯，我有點不服氣。你究竟是如何推理，才識破那傢伙的詭計呢？」我問道。

「這個嘛，每一次有案件上門，我都會先思考，究竟誰才是這整起事件中最大的受益者或受害人。以這次的事件而言，我第一個想到的就是那個繼父。如果女兒結婚，他一年就要損失一百一十二英鎊的收入了。從這個角度去思考後，我發現那個繼父和女兒交往的對象從未同時出現過，當其中一人出現時，另一人一定不在場，於是我開始思索這會不會是一人分飾兩角的戲碼，畢竟在晚上戴深色眼鏡、用假音講話，或是留濃密的鬍子和落腮鬍，這些都是最基本的**易容術**。不過，讓

死刑台

死刑分為用繩索將犯人勒斃的絞刑以及斬首。執行死刑的場所就稱為死刑台。英國已經在西元一九六九年廢止死刑。

易容術

改變外貌的一種化妝技術。

我從懷疑轉為確信的關鍵，就是信件上用打字機打出來的簽名，這是十分不合常理的行為。當然，這是因為女兒很熟悉他的筆跡，讓他害怕即使只是簽名，也可能被識破。這麼一來，不僅是上述這些事實，連其他細節不也都指向同一個結論了嗎？」

我進一步追問福爾摩斯：「聽你這麼一說，好像連我也能識破他的詭計了。但你又是如何求證，讓那傢伙露出馬腳的呢？」

「唔，一旦鎖定這個人，求證起來就很容易了。我已經知道他在哪裡工作，接著，我就根據報紙尋人啟事所列出的描述，去掉喬裝所使用的鬍鬚、落腮鬍、深色眼鏡等道具，寫下人物特徵，寄了封信到他的公司，詢問在業務員當中有沒有類似的人物。由於我知道用來打情書的那台打字機的特徵，我也寫了一封信給溫德班克，希望他立刻來一趟，要他回覆我方便的時間。這麼做的目的，就是為了取得他的回信，好用來跟我手上這四封信比對。如我所料，回信確實是用打字機打的，而且文字的磨損狀況和他女兒收到的信幾乎一模一樣。同時送達的另一封信，則是來自他工作的地方，也就是芬喬奇街上的西屋馬班克公司。信上寫著：『您所詢問的人物特徵，與本公司業務員詹姆士．溫德班克的特徵完全相符。』這樣，你還認為證據不足嗎，華生？」

「現在只剩下一個問題，你要如何告知瑪莉小姐真相呢？」

「就算說出事實真相，她恐怕也不會相信吧。她還愛著霍斯莫．安吉爾，認為他是全世界最完美的未婚夫，古時波斯有一句諺語：『使女性的夢想破滅，猶如深入虎穴般危險』，目前唯一的辦法就是什麼都別說。」

第三案　波士坎谷奇案

福爾摩斯的電報

六月的某個早上，我和妻子正對坐著享用早餐，女傭拿了一封**電報**進來。發信人是夏洛克．福爾摩斯，電報的內容如下：

華生，能否撥出兩天時間？我受託前往波士坎谷案發生的現場，若你能同行，將不勝感激。另，當地風景和空氣俱佳。我預計搭乘上午十一點十五分由帕丁頓車站出發的火車。

妻子湊到我身旁讀了電報後，看著我說：「親愛的，你迫不急待要出發了吧。」儘管心思被她看穿，我還是故作鎮定：「不，我還在猶豫，畢竟現在的病患越來越多，我走不開。」

「哦？如果你擔心的是病患，那就拜託安斯特拉瑟醫生幫你代診就行了。你最近的臉色不太好，偶爾也該放鬆一下心情。何況，你可是名偵探夏洛克·福爾摩斯先生唯一的助手兼專屬作家不是嗎？」

「這麼說也是，那我就恭敬不如從命了。」

我在內心感謝妻子的體貼，同時迅速把盥洗用具收進行李。三十分鐘後，我已經奔出家門，攔下一輛載客馬車出發了。

我在十一點前抵達帕丁頓車站。向來守時的福爾摩斯早就抵達車站，在長長的月臺上來回踱步。他穿著旅行用的長大衣，頭上是他常戴的**獵鹿帽**，本來就很修長的身材，看上去又更加瘦長了。

電報（第141頁）

一種用電發出訊號的通訊方式。發送的訊號為長音和短音的組合，接收者解碼後就能得知訊息內容。是在電話普及前，很重要的通訊工具。

他一看到我就大步走來便說：「華生，你能來真是太好了。光是有你在身邊，就使我的推理能力加倍。要是換成其他兩光的助手，大概只會惹我生氣吧。」

我們坐進旅客車廂。**包廂**裡的乘客只有我們而已。儘管福爾摩斯很久沒見到我了，他卻立刻讀起報紙，完全無視於我的存在。不過他向來如此，我也不以為意，自顧自眺望著窗外的風景。

列車經過雷丁時，福爾摩斯突然把手中的報紙揉成一團，隨手往行李架上一扔，看著我說：「華生，你對波士坎谷案了解多少？」

「我這幾天太忙了，連看報紙的時間也沒有。」

「是嗎？那樣反而比較好，不知道那些錯誤的資訊反而更好。讀了報上的報導，就會覺得這次的事件其實

獵鹿帽

一種前後都有鴨舌的帽子，原為歐洲貴族獵鹿時所戴，十九世紀在英國逐漸普及。獵鹿帽和菸斗是福爾摩斯的標誌。

非常單純。」

「那你又何必特地遠行呢？」

「不過呢，華生，要我說的話，看起來越單純的事件往往越難解決。再說，這件案子的嫌犯還是死者的兒子。」

「哦？所以是一起凶殺案囉？」

「沒錯，我簡單說明一下案情。波士坎谷位於禧福郡（見P16地圖），當地最大的地主是約翰．透納。透納多年以前在澳洲累積了一筆龐大的資產，帶著這筆錢回到了英國。他買下幾座大農場，把其中之一的哈瑟利農場租給同樣從澳洲回來的查理斯．麥卡錫。他們兩人應該是在澳洲結識的，回到母國以後，自然就比鄰而居。兩人之中透納比較富有，所以把土地借給比他晚回

包廂（第143頁）
當時的火車車廂，隔成獨立的座位空間，通常每間可坐六人。

國的麥卡錫，但兩人的關係並不是地主與佃農，而是相知相惜的摯友。麥卡錫有一個十八歲的兒子，透納也有一個同齡的獨生女，兩人喪妻後都過著單身生活，幾乎不與附近的鄰居來往，這就是透納和麥卡錫兩家的家庭狀況。」

少女的目擊證詞

「接下來，差不多該進入案子的關鍵了。六月三日，也就是上星期一，麥卡錫在下午三點左右離開自家的哈瑟利農場，步行前往波士坎湖。波士坎湖是由流經波士坎谷的河流匯集而成的小型湖泊。當天上午，麥卡錫帶著家丁去了一趟叫做羅斯的小鎮，他在鎮上對家丁說：『我必須在下午三點趕回去見一個人，要盡快把事情辦完才行。』接著他先返回農場，又再次出門，在那之後就遇害了。從哈瑟利農場到波士坎濕地大約有四百公尺，途中有兩個人目擊麥卡錫的身影，其中一位是個老婦人，報導裡沒提到她的名字。另一個則是威廉・克勞德，他是透納家的獵場管理員。兩人都信誓旦旦的說：『麥卡錫先生獨自一人走著，身邊沒有任何人。』接下來是最重要的部分：克勞德補充說，幾分鐘後，就看到麥卡錫的兒子詹姆士帶著獵槍，跟隨父親，快步朝波士坎湖的方向前進。據說波士坎湖位於蓊鬱的森林中，湖畔長著茂盛的水草和**蘆葦**，即使白天也是幽暗陰森，有人在這裡目擊了麥卡錫父子的身影。目擊者是波士坎谷土地管理人的十四歲女兒——佩璇絲．莫蘭。佩璇絲那天在波士坎湖附近採花時，突然聽見一陣高聲的喊叫。她抬頭一看，便發現麥卡錫父子正在湖畔激烈爭執著。兩人吵得不可開交，最後父親激動得朝兒子揮拳。兒子也不甘示弱，出手反擊。情況看來不妙，佩璇絲丟下好不容易採來的花，飛也似的跑回家向母親報告。話都還沒說完，麥卡錫的兒子詹姆士已跑到管理人的家來了。他說：『不好了，我父親死在濕地那裡了，快來幫幫我！』根據管理人莫蘭的說法，當時麥卡錫的兒子非常激動，沒拿獵槍也沒戴

蘆葦

一種植物，常生長於溪流兩岸、沼澤或溼地等水分充足的地方。

帽子。除此之外，他的右手和袖口都沾滿了鮮血。跟著前往查看時，麥卡錫的屍體就倒臥在波士坎湖畔的草叢裡，頭部被打得血肉模糊，應該是被某種沉重的鈍器反覆毆打所致，而死者兒子的獵槍，就掉在距離屍體兩、三步遠的地方。至此，證人和證據都擺在眼前，死者的兒子被以謀殺父親的罪名逮捕。星期三開庭時，負責該案的法官也認為這名兒子就是犯人，因此審理的過程相當迅速。」

聽完案情後，我說：「看來，兒子殺害父親是無庸置疑了，你根本沒有必要親自出馬啊。」

福爾摩斯卻默默搖了搖頭。

「華生，眼睛可見的證據意外的不可靠。比如說，同樣的東西如果稍微換個角度來看，就有可能得出完全不同的形容。確實，在這次的案件中，所有事證都對這名兒子不利，兒子很有可能就是犯人，但我一向認為，相關人士的看法與情境證據也一樣重要。在這次的案件中，兒子詹姆士的朋友幾乎都表示他不可能會殺害自己的父親。其中，最相信他清白的，就是地主的獨生女透納小姐。透納小姐立刻就展開了行動。華生，你還記得辦『暗紅色研究』案件那時警察廳派來的警官吧？」

「哦，那個像鬥牛犬一樣的男人……，我想起來了，是雷斯垂德警官。」

「雷斯垂德先生當時的表現，讓他的名聲傳到了英格蘭西部，於是透納小姐發電報給他，希望他能幫忙證明詹姆士的清白。雷斯垂德一口答應，接下了案子，卻因為有太多證據都對詹姆士不利，束手無策，便改由我來調查。正因如此，現在才會有兩位中年紳士，連早餐都沒辦法好好坐下來吃，就踏出家門，坐上火車，以時速八十公里一路往西邊前進呢。」

「咕—咿」的暗號

隨著火車逐漸接近目的地，我的內心越來越不安。

「福爾摩斯，就算由你出馬，恐怕也很難證明詹姆士無罪吧？何況連警察廳的名警探都放棄了，但願這樣貿然插手，不會損及你的名聲。」

「華生，別把我和雷斯垂德相提並論，我能從他不經意忽略的微小事實抓出重要的線索。例如，我雖然不曾到府上拜訪，卻清楚知道你的臥室只有一側有窗戶。」

「沒錯！你怎麼知道？」

福爾摩斯指著我的臉：「從你刮完鬍子的樣子觀察出來的。你當過軍人，對自己的儀容相當要求，因此一定會刮鬍子。然而，仔細觀察你的臉就會發現，只有右臉刮得乾乾淨淨，左臉卻有一點馬虎。這就表示右側光線充足，視野一清二楚，左側卻因為五官造成的陰影而看不清楚，無法刮得很乾淨。根據以上的事實，我判斷你的臥室只有單側有採光窗而已。同樣的，我運用推理的技巧細讀報導，掌握到一、兩項足以替麥卡錫的兒子詹姆士洗刷罪名的有力線索。」

「什麼？」

「詹姆士並不是在犯罪現場而是回到哈瑟利農場後才遭到逮捕。當時前去逮捕他的警察說：『我要以涉嫌殺害親人的罪名逮捕你。』他一聽，就像完全放棄了一樣，一句抗辯的話也沒說就讓警察上銬，這一點對審判也極為不利。」

「也就是說，他等於是認罪了吧。」

「不，我不這麼想。我認為他當時採取的態度是一種對地方警察的消極抗議，抗議他們草率行事。證據就是，詹姆士在法官面前，堅決否認自己殺害父親。」

「這位十八歲的青年出乎意料的精明呢。」

「華生，我還沒見過詹姆士，不能說得很篤定，但可以確定的是，他絕對是個內心強大的青年。發現父親的屍體時一度激動不已，回到哈瑟利農場後，便恢復了冷靜。他雖然不知道少女目擊自己和父親爭執的那一幕，卻很清楚自己離死刑台不遠了。他有覺悟，法庭才是自己的戰場，因而對警察保持沉默。假如他真的殺死了父親，警察逮捕他時，應該會出現害怕或生氣的反應。」

「不過，福爾摩斯，要把詹姆士從死刑台救下來，憑你的力量恐怕也很困難吧。從以前到現在，很多人被送上死刑台的證據，都比這次的案子還要薄弱啊。」

「你說得沒錯。但是，當我讀到報紙上刊出的這位不幸青年的供詞時，我突然覺得，或許有辦法可以救他。華生，你也看一下這份報紙吧。」

福爾摩斯從一堆報紙中抽出一份地方報遞給我。由於這起案件在平靜的鄉下引起軒然大波，因此占據了相當大的篇幅。

被害者的獨生子詹姆士．麥卡錫，在法庭上做出以下供詞：

我在事發的三天前去了布里斯托市，然後在六月三日當天上午回到家。當時，我父親不在家，好像是坐馬車去了羅斯鎮上吧。不過，不久之後父親就回來了。他下了馬車，對著陪他去鎮上的馬車夫柯布講了幾句話，一句話也沒跟我說，就匆匆忙忙趕往森林。我目送他的背影離去後，突然想去波士坎湖打獵，便帶著獵槍走進森林裡。我確實曾在半路遇到獵場看守人克勞德，不過我並沒有面露凶光，追著我父親，那是克勞德誤會我了。我當時做夢也沒想到父親就走在我前方，跟我一樣朝著波士坎湖的方向前進。然而，當我走到離湖邊約一百公尺的地方時，聽到前方傳來一聲「咕—咿」，著實嚇了一跳，因為那是父親和我之間互相呼叫用的暗號。

我心想：「哎呀，發生了什麼事呢？」連忙跑向聲音的來源。

我一看，父親就站在湖畔。明明是他自己叫我過去的，卻一臉詫異看著我說：「詹姆士，你在這裡幹嘛？」眼裡還竄出怒火。

我告訴父親，我只是碰巧經過，他卻喝斥我說：「少騙人了，你是跟蹤我來的吧！」就因為這樣，我和他起了嚴重的口角，最後他還作勢要對我動粗。

我父親的脾氣相當暴躁，他以前在澳洲時，就曾經和一群流氓混在一起，見到他要打我，我自知不是他的對手，頭也不回的趕緊離去，準備返回哈瑟利農場。沒想到，我才走了一百多公尺，後面就傳來淒厲的慘叫聲，我衝回剛才的地方一看，只見父親倒臥在草地上，頭部受了重傷，很快就斷了氣。我不知所措的抱著父親的屍體一會兒後，才想到透納先生的看守小屋離那裡最近，便跑去向他求救。我聽到父親的慘叫聲，趕到現場時，周圍沒有任何人，所以我完全不曉得父親是怎麼遇害的。他雖然不是個討人喜歡的人，但也沒有任何值得一提的仇人。

後續的報導是詹姆士和**驗屍官**的問答。

驗屍官：「令尊臨死前對你說了什麼嗎？」

詹姆士：「他嘴裡嘟嘟噥噥說了幾個字，我只聽出他提到了一隻老鼠。」

驗屍官：「老鼠？你知道他想表達的究竟是什麼意思嗎？」

詹姆士：「我毫無頭緒，那可能只是囈語吧？」

驗屍官：「聽說你和令尊在濕地旁起了口角，你們爭執的原因是什麼呢？」

詹姆士：「恕我無法透露。」

驗屍官：「恐怕你別無選擇。」

詹姆士：「我真的不能回答這個問題，不過我可以向你保證，我們爭吵的原因與我父親的死沒有任何關係。」

驗屍官：「有沒有關係必須由法庭來判斷。請

驗屍官（第155頁）
負責檢驗屍體、查明死因的專業人員。

你不要岔開話題。另外，你說聽到令尊發出只有你們兩人知道的『咕—咿』的暗號以後，你就立刻跑向湖邊，沒錯吧？」

詹姆士：「是的。」

驗屍官：「如果是這樣的話，事情就前後矛盾了。我記得你說令尊並不知道你從布里斯托回來，也不知道你在他之後也前往波士坎湖。既然如此，他為什麼會發出『咕—咿』的聲音來呼喚你呢？請針對這個部分提出說明。」

詹姆士（慌張）：「我、我不知道。」

陪審員之一：「你聽見慘叫聲回到現場，在令尊倒臥的周圍是否發現任何可疑的東西？」

詹姆士：「我當時一心只想搶救父親，根本沒

陪審員

英國的司法體系裡有「陪審制度」，在審理案件時，會從一般民眾中隨機抽出人選，參與訴訟的審理。由陪審員組成的陪審團會進行事實的認定，並判斷被告有無責任或有無犯罪；法官則會參考陪審團的決議做出判決。

有心思注意周遭的事物。不過，在我跑到父親身旁時，好像隱約看見他左手邊的地上有一件大衣，當我父親斷氣以後，我再看了一次，東西就不見了。」

驗屍官：「你記得大衣是什麼顏色的嗎？」

詹姆士：「是灰色的。」

驗屍官：「那請問那件大衣距離令尊的身體多遠呢？」

詹姆士：「大約十公尺。可能是有人趁我抱起父親時把它拿走了。」

驗屍官：「十公尺這麼近的距離你都沒注意到，似乎有點說不過去。」

詹姆士：「我當時是背對那個方向的。」

驗屍官就此結束訊問。

我邊瀏覽這則報導，邊轉向福爾摩斯：「看來這個驗屍官的頭腦相當清楚，針對父親明明不曉得兒子詹姆士已經回家，卻發出只有才詹姆士知道的暗號這一點窮追猛打，把詹姆士逼入絕境。相反的，詹姆士卻說出一些令人摸不清頭緒的話，像是父親在臨死之前提到老鼠、在他抱起父親時，有一件灰色的外套消失不見等等。」

福爾摩斯一聽，臉上浮現詭異的笑容：「令人摸不清頭緒嗎？若從驗屍官或你的角度來看，會這樣想也無可厚非，不過我認為這個年輕人所說的老鼠、暗號和灰色外套，都是可以深入這起案件的線索。說了這麼多，我的肚子也餓了，再二十分鐘就會抵達下一個停靠站斯溫頓，那裡是大站，應該可以找到一些美味的食物吧。」

透納小姐的申訴

我們乘坐的火車穿過美麗的斯特勞德溪谷，橫越波光粼粼、緩緩流動的塞文河以後，持續向前行駛。

然後在下午四點多，終於抵達波士坎谷羅斯小鎮的中央車站。

我們剛走下月臺，一名個頭不高但身材結實的男子大步迎上前來。

他就是警察廳的雷斯垂德警官。

「福爾摩斯先生，華生博士，恭候兩位大駕光臨。旅館已經訂好了，請上馬車吧，我帶兩位過去。」

抵達旅館進房間放好行李後，我們到一樓餐廳坐下來喝茶，雷斯垂德過來說：

「福爾摩斯先生，我已經備好馬車了。您向來行動力十足，我想您若沒去現場走一趟，是不會滿意的吧。」

「謝謝你考量得如此周全，但去不去現場，得看**氣壓計**再決定。」

雷斯垂德一臉訝異，問道：「什麼？我不明白您的意思。」

「讓我來看看氣壓計，現在是二十九英吋是嗎？現在沒有風，天空也沒有雲。我帶了足夠的香菸，比起房間俗不可耐的沙發，這裡的沙發好多了。看來今晚是不需要用到馬車了。」

雷斯垂德放聲大笑起來，說：「福爾摩斯先生，想必您已經從報紙上得出結論了吧？這次的案子，結果已經非常明確了，越是深入調查，一切越是顯而易見。但我們實在難以拒絕年輕的淑女，何況她是那麼懇切請求

氣壓計

用來測量地球表面大氣壓力的儀器。在這故事裡指的是以水銀柱的高度來顯示氣壓的水銀氣壓計，氣壓越高、水銀柱的高度也越高。福爾摩斯看到的水銀柱高度為二十九吋，是表示高氣壓的數值，代表當時的天氣很好。

我們。她聽聞您的名聲後，很想聽聽您的意見，雖然我一再告訴她我已經查明的事情，就算是福爾摩斯先生來查，也查不出更多了。」

此時，一輛馬車在旅館門前停下來，一位年輕女子下了車。

「哎呀呀，人已經到了，這小姐真是積極啊。」

雷斯垂德話還沒說話，那名女子就闖進我們的包廂。她有一對如星星般閃爍的藍眼睛，朱唇微啟，雙頰泛著粉紅色，在我見過的女性之中，絕對是數一數二的美人。

她看來個性內斂，卻為了這次的事件相當激動，一開口就用憤憤不平的語氣說道：「想必在二位之中，有一人即是夏洛克．福爾摩斯先生吧？」

她輪流打量著福爾摩斯和我，或許是憑著女性敏銳的直覺，她很快就轉身面向福爾摩斯，急促的說：「福爾摩斯先生，感謝您願意撥冗前來。我和詹姆士從小就玩在一起，我比任何人都清楚他是個什麼樣的人。他非常善良，連一隻蒼蠅都不肯傷害，怎麼可能殺害自己的父親呢？那是絕對不可能的事，真兇鐵定另有其人。我想福爾摩斯先生一定是和我有同樣的想法，才會特地前來吧？」

福爾摩斯點了點頭：「是的，透納小姐，我的確認為有這個可能，所以才會趕來。」

透納小姐一聽，立刻燃起信心，眼神挑釁的瞪著雷斯垂德警官，「警官先生，您聽到了吧。您到這裡之後，始終與本地警察和驗屍官持相同看法，福爾摩斯先生卻帶來了希望，他果然是名不虛傳的大偵探。」

雷斯垂德聳了聳肩：「福爾摩斯先生只不過是在安慰您罷了，透納小姐。」

「不，才不是那樣。我對整件事清楚得很，因為詹姆士不肯向驗屍官透露他和父親吵架的原因，其實和我有關。」

「與您有關？這是什麼意思？」福爾摩斯插嘴道。

「詹姆士為了我們的婚事，和他父親爭吵過很多次了，這次一定也是為了相同的原因。」

「也就是說，你們兩人彼此相愛，已故的麥卡錫先生卻不允許你們結婚？」

面對福爾摩斯的提問，透納小姐羞紅了臉，用力搖頭道：「不，完全相反。我和詹姆士的感情雖然好得像兄妹，卻從沒想過要跟對方結婚。然而，大約從兩個月前，麥卡錫先生突然硬把我們兩人湊成一對。」

「哦？那令尊也贊成這樁婚事嗎？」

「不，我父親堅決反對。」

福爾摩斯輕輕嘆了一口氣：「哎呀，那唯一贊成的人，就只有麥卡錫先生囉？」

「沒錯，所以這樁婚事從一開始就是不可能的。」

「我明白了。」

福爾摩斯眼神銳利的從頭到腳觀察著透納小姐，接著說：「我希望明天就能見令尊一面，不曉得是否方便？」

「可是家父病倒了。」

「病倒了？什麼時候的事？」

「從幾年前他的身體狀況就變差，精神和體力每況愈下，這次的事更是讓他大受打擊，整天臥床不起。」

「令尊與麥卡錫先生感情相當好吧？您知道他們是什麼時候認識的嗎？」

「我記得聽他們說是在澳洲維多利亞省的金礦山認識的。」

「在維多利亞省的金礦山認識的嗎？這一點非常重要。那麼，透納先生就是靠著那些金礦，才擁有現在的財富吧？」

「是的，是這樣沒錯。」

「謝謝，這些資訊非常具有參考價值。」

「那麼我就先告辭了。家父的病情相當嚴重，他不希望我不在身邊，我必須立刻趕回去。福爾摩斯先生，如果您有機會見到詹姆士，請代我轉告他，我絕對相信他的清白。」

透納小姐再三交代後，便和來時一樣匆匆離去了。

詹姆士的祕密

聽著馬車的聲音逐漸遠去，雷斯垂德臉色微慍：「福爾摩斯先生，您明知道她之後會失望，為什麼還要那樣安慰她呢？您這樣不是太殘忍了嗎？」

「我說的都是真話。不好意思，你能安排我和詹姆士見面嗎？我無論如何都想趁今晚聽聽他的說法。」

福爾摩斯與雷斯垂德一起外出了，留我一個人待在旅館裡。

我坐回沙發上，試著用我自己的方式思考這整件事。

聽了美麗的透納小姐的說法，我也覺得詹姆士或許是無辜的。我決定暫時相信詹姆士在法庭上的答辯，在這個前提下進行推理。

詹姆士與父親分開後，走了一百多公尺，聽到慘叫聲。

他趕回去時，父親已經倒臥在地，頭部還有致命傷。

那處致命傷不曉得在頭部的哪個位置？造成怎樣的傷口？出於醫生的好奇，我請門僮幫我找出事件發生後的當地報紙，上面果然詳細記載一名外科醫生在法庭上的證詞。根據那位醫生所述，麥卡錫先生的左頂骨下方三分之一以及枕骨的左半部都被鈍器擊碎了。

我伸手摸了摸自己頭上的同一個部位，發現要從人的正前方重擊這個位置，根本是不可能的。

這麼說來，麥卡錫先生是遭人從背後襲擊。這項事實，對於面對面和父親起口角的詹姆士來說相當有利。不過也可能是他父親轉過身去了，所以不能百分之百斷言，但我想還是先告訴福爾摩斯比較好。

我接著思考那句不明所以的囈語——老鼠究竟是什麼意思呢？

一般而言，突如其來受到重擊的垂死之人，是不會胡言亂語的。會在一息尚存之時，留下明確的遺言才對。

照理說遇害的麥卡錫應該會想告訴兒子自己為何慘遭毒手。不過，只有「老鼠」這個殘缺不全的訊息，靠我薄弱的想像力，實在無法繼續推理下去。

最後，我思考了一下距離現場十公尺處、詹姆士看到的那件掉落在地上的灰色外套。他說那件外套在他扶起父親的時候，一陣煙似的消失不見了。

這就表示有人，不，我想恐怕是真正的兇手在情急之下把外套遺落在現場，還膽大包天趁著詹姆士背對他的時候撿起外套就跑。

「看來，還是有很多對詹姆士有利的線索。福爾摩斯出手的話，或許真能扭轉局勢也不一定。」我喃喃自語道。

說到福爾摩斯，他直到深夜才獨自回到旅館。

福爾摩斯一坐下就說：「氣壓還是很高呢。照這樣看來，明天應該是不會下雨了。只要不下雨，也許能從命案現場發現什麼吧。」

「福爾摩斯，你見到詹姆士了吧？」

「嗯。不過毫無收穫。我原本懷疑詹姆士知道真兇，並刻意包庇。現在看來，他是真的一無所知。話說，詹姆士真是一個討人喜歡的好青年。」

「不過，他為什麼不想和那麼完美的透納小姐結婚呢？詹姆士這人似乎有點令人費解啊。」

「嗯，我原先也想不通，但經過一番調查之後，我得知這之中摻雜了一些複雜的因素。詹姆士大約在兩年前待過布里斯托市，當時他被一個陪酒的女子纏上，還和對方登記結婚。當然，他並未讓父親知道這件事。他父親做夢也沒想到兒子已經成婚才會逼他和透納小姐結婚。詹姆士雖然偷偷愛著愛著透納小姐，卻自知已經失去追求她的資格了。話雖如此，他也不可能向頑固的父親坦承這件事。他把這些心思藏在心裡，所以每次提到結婚的話題，父子倆就會激烈爭吵。事情發生的前三天，他之所以會去布里斯托，也是為了去見那名女子，他父親當然完全不知道他去了哪裡。這一點非常重要，你先記在腦中。不過，那名陪酒的女子聽說詹姆士被以殺人罪嫌逮捕時，立刻就去投靠別的男人了。」

「唉，」我嘆了口氣，「可是如果詹姆士不是犯人，那究竟是誰痛下毒手呢？」

「這個嘛，要解開這個疑問，關鍵就是被害者曾和某人約在湖畔見面。可以確定那個跟他見面的人不是他的兒子，因為被害者不知道兒子已經從布里斯托回來了。然而，被害者卻發出只有他和兒子才知道的『咕—咿』暗號聲。如果能夠釐清這兩件點之間的關係，就能為解決事件帶來一線希望。總之，我們先就寢了，明天再繼續努力吧。」

展開嚴密調查

隔天一早，天氣確實如福爾摩斯所預測的，是個美好的晴天。上午九點，雷斯垂德坐馬車前來迎接，我們便搭上馬車前往哈瑟利農場。

在搖搖晃晃的馬車上，雷斯垂德開口道：「福爾摩斯先生，我昨晚聽醫生說，大地主透納已經病危了。」

「他的年紀多大呢？」福爾摩斯問。

「六十歲左右吧，不過聽說他在澳洲時吃了不少苦，弄壞了身體，加上這次又發生了這樣的事。啊，對了對了，我忘記向您報告一件重要的事。有人說大地主透納是麥卡錫的大恩人，他還免費將哈瑟利農場借給麥卡錫呢。」

「是嗎？這可真是有意思。」

「而且他對麥卡錫幾乎是有求必應，附近的鄰居都說透納對麥卡錫可說是仁至義盡了。」

「雷斯垂德警官，聽起來這好像是一樁美談，但你不覺得事有蹊蹺嗎？麥卡錫這個人可以說是兩手空空的從澳洲回來，不時就給透納添麻煩，如今還想讓自己的兒子娶透納的女兒。根據透納小姐的說法，她父親從一開始就堅決反對這樁婚事。如果今天情況反過來，是由透納主導這樁婚事的話，那還說得過去。」

雷斯垂德眨了眨眼睛：「福爾摩斯先生，這世界上還有很多沒道理的事呢。執著於細節雖然不是一件壞事，但為了要解決案件，最重要的是常識、是事實，而我已經掌握了最關鍵的一點了。」

「哦？是什麼呢？」

「麥卡錫被他的兒子詹姆士殺死，這就是無庸置疑的事實，所有與這個事實相悖的論點，都像月光一樣黯淡。」

「不過，有月光，至少比起霧好呢。」福爾摩斯笑著說，伸手指著馬車行進方向的左側：「這就是哈瑟利農場嗎？」

「是的，就是那裡。」

那有一幢石板屋頂的雙層寬敞房屋，苔蘚攀附在灰色的牆上，每一扇外窗都緊閉著，煙囪也沒有冒煙。

我們走向玄關時，一名女傭出來迎接我們，神情凝重。

福爾摩斯立刻要求她提供麥卡錫死亡當日所穿的鞋子。

接著，他又要對方拿出詹姆士的鞋子，即使不是事發當天穿的也無所謂。

福爾摩斯把兩雙鞋排在一起，仔細丈量完尺寸，滿意的點了點頭，接著前往庭院。

他沿著林間小路走，朝案發現場的波士坎湖前進，臉上表情與剛才截然不同。

他眉頭深鎖，雙眼射出鋼鐵般冷酷的光芒，鼻孔像正在追捕獵物的獵犬一樣張大著。

這人和那個窩在貝克街公寓的沙發上，邊吞雲吐霧、邊沉思的是同一個人嗎？

如果只看過貝克街的福爾摩斯，即使此刻在此路過，一定也會跟他擦肩而過，認不出他來。

我知道在這種情況下，無論跟他說什麼，他都不回應，所以我不發一語，與雷斯垂德警官一起跟在他身後。

隨著我們逐漸深入森林，地面越來越泥濘，周圍是一處長著茂密矮草叢的濕地。小徑上印著數不清的腳印。福爾摩斯一會兒佇足，一會兒又加快步伐。雷斯垂德絲毫不關心他在做什麼，一臉不以為然的看著福爾摩斯。但我相信福爾摩斯的每個行動都有明確的目的，興味盎然的觀察著他的一舉一動。

最後，我們一行人終於來到波士坎湖畔。

波士坎湖是一座直徑約五十公尺的水窪，規模遠比想像中來得小，所在位置剛好是哈瑟利農場與透納所擁有的土地中間，但位處森林之中，岸邊又長滿水草和蘆葦，感覺格外陰森。

湖泊對面看得到一座凸出樹梢的紅色尖塔，顯然就是大地主透納的宅邸。

福爾摩斯請雷斯垂德指出發現屍體的地點。

雷斯垂德帶領我們前往蘆葦茂密的湖畔。那裡沒有樹木，是一片約二十步寬的潮濕草地。

「屍體就倒臥在這個地方。」

其實不用雷斯垂德特意指明，我一眼就看出來了。因為浸在水裡的草地上，還清楚留著有人倒臥的痕跡。

不過，從福爾摩斯熱切的表情和銳利的眼神可以看出，他從這塊草地上發現了許多線索。

福爾摩斯像隻獵犬在四周打轉，接著用指責的語氣說：「雷斯垂德警官，你為什麼要走進湖裡？」

「我在想犯人會不會把凶器丟進湖裡，所以帶了耙子來撈撈看，你怎麼知道我走進去過呢？」

「嘖，我實在聽不下去了。地上不僅到處都是你的腳印，甚至還有一條消失在那邊的蘆葦叢中。哎呀，其他人也都留下腳印了，簡直就像被一群**美洲野牛**踩過一樣。要是我能在現場變成這樣之前，先來看看就好了。不過現在後悔也沒用了，還是打起精神來繼續調查。唔，這些應該是管理人莫蘭跟詹姆士一起跑過來時留下的腳印。雖然有這麼多足跡，但重要的只有其中三道。」

福爾摩斯從口袋掏出大型的放大鏡，俯下身來，仔細調查屍體所在位置的周圍，身上的雨衣都貼在濕黏的地上了。

美洲野牛

牛科哺乳動物，體型龐大，高度可達一百八十公分。頭上有短短的角，背部至肩部隆起，毛色為紅褐色。

這就是凶器！

福爾摩斯一面調查，嘴裡一面嘟嘟囔囔，與其說是在向我們說明，更像是在自言自語。

「這些全都是詹姆士的腳印。有兩道是行走時留下的，另一道則是奔跑時留下的。證據就是，腳跟部分幾乎沒有痕跡，只留下了前半段深深的足印。也就是說，這是他聽到父親的慘叫聲後，立刻跑回來查看時留下的腳印。至於另外兩道，一道是聽到父親發出『咕－咿』的聲音後，前來此處的腳印，一道則是吵架後離開時的腳印，與他回答驗屍官的內容一致。然後這是……哦，這是麥卡錫來回踱步的腳印。換句話說，這是他當時正心浮氣躁的等著某人出現的證據。如果能知道那個人是誰就好了。還有什麼呢？我知道了，這是詹姆士的槍托印痕。看來他當時是把槍托放在地上聽父親訓話吧。哎呀，這又是什麼！哦、哦、哦！有人躡手躡腳走了過來，而且鞋頭還是方形的，實在是很特別。來了又走，又來，又走……八成是像詹姆士說的那樣，為了撿回那件灰色的外套，來回了兩趟。不錯不錯，第三個人的真面目就快要揭曉了。好，接著就來看看這個腳印朝哪個方向前進。」

福爾摩斯在現場附近繞過來繞過去。

我們來到一棵附近最大、樹齡看來已超過數百年的**山毛櫸**樹前，只見他目不轉睛盯著樹根看，一手扶著樹幹，繞到另一側去。

接著他再度趴了下來，突然大叫：「果然！」接著從口袋裡拿出信封袋，在落葉與青苔間不斷翻找，一次

山毛櫸

廣泛分布於北半球的高大樹木，高度可達三十公尺，五月左右會開淡綠色的花。經常被用來做為建材或製成家具。

又一次把看似塵土的東西裝進袋子裡。裝滿信封袋後，又拿起放大鏡，反覆觀察山毛櫸的樹皮。

當他發現數公尺外的草地上掉了一顆形狀不規則的石頭，立刻驚呼著湊上前去，小心翼翼用手帕包起來，收進雨衣的口袋裡。

他繼續追著腳印前進，卻在出了大馬路以後完全失去了線索。

福爾摩斯一臉滿足的笑了。

「這案子真有趣。」

他指著不遠處的灰色小屋對我們說：「我想那就是詹姆士跑去求救的地方，透納的管理人就住那裡。我去拜訪一下，你們先回馬車那裡等我吧。我寫封信交給他而已，不會花太多時間。」

如福爾摩斯所說，過不久，他就回到馬車所在的地方。

馬車出發以後，福爾摩斯像是想起什麼似的，把剛才在森林中撿到的鋸齒狀石頭拿出來：「雷斯垂德警官，送你一樣好東西吧。」

「什麼？」

「波士坎湖凶殺案的凶器。」

雷斯垂德一把奪了過去，仔細檢視一番：「福爾摩斯先生，這上面沒有任何痕跡啊。」

「當然不會有。」

「那您怎麼知道凶器就是這顆石頭呢？」

「因為這顆石頭底下的地面還長著草，代表石頭被放在那裡才兩、三天而已。進一步觀察四周，只有這顆石頭很突兀，表示是有人從別的地方帶來，最後棄置在這裡。不僅如此，這顆石頭的形狀，也和被害者頭部的傷口極度吻合。」

「那您倒是說說真兇是誰啊？」

「兇手身材高大，慣用左手，右腳有一點行動不便，腳上是耐用的狩獵用麂皮皮鞋，穿著灰色外套，習慣抽印度產的上等**雪茄**。他隨身帶著雪茄專用的菸斗，口袋藏著一把很鈍的小刀。其他還有幾個特徵，但這些線索就足夠我們搜查了吧。」

雷斯垂德嗤之以鼻：「福爾摩斯先生，您不妨在法庭上重複剛剛說過的話，陪審員肯定只會目瞪口呆的看著您。」

「是嗎？難得送你一條線索，你卻不想採用，那我們就在這裡分道揚鑣吧。午餐後我會在旅館見一個人，然後搭傍晚的火車返回倫敦。」

「您的意思是要丟下案子逃跑嗎？」

「不，我會解決這件案子。」

「但謎題還沒解開呀。」

「不，已經解開了。」

「那犯人叫什麼名字呢？」

「就是我剛才形容的那一號人物。」

「福爾摩斯先生，我可是很忙的，要是浪費時間在

雪茄（第181頁）

用菸葉捲成長條形的一種菸葉製品，較一般香菸粗而長。十五世紀末，哥倫布率領的探險隊登陸古巴時，發現當地的原住民有抽雪茄的習慣，後將雪茄引進歐洲。

這鄉下地方到處查訪，『這附近有沒有一位慣用左手、右腳不方便的男性？』肯定會淪為警察廳的笑話。」

「我本來想給你一個機會表現，不需要就算了。」

兇手的特徵

馬車駛入城鎮，來到雷斯垂德投宿的旅館門前。雷斯垂德一臉不悅的下了馬車。

我和福爾摩斯決定在旅館吃午餐。

明明表示案子已經解決了，福爾摩斯卻左右為難、一臉痛苦的樣子，不斷在思索著什麼，直到餐桌清空後才開口：「華生，我猶豫著該如何是好，讓我告訴你詳情，也聽聽你的意見吧？」

「好啊，沒問題。」

福爾摩斯點了點頭：「我在來這兒的火車上曾向你提過詹姆士的說法有兩個疑點對吧？其中一點是麥卡錫明明不知道他的兒子詹姆士已經回到波士坎谷，卻發出

『咕─咿』的暗號；另一點則是他在死前說出『老鼠』這個意義不明的詞。不，麥卡錫其實說了更多話，但詹姆士能聽懂的只有『老鼠』而已。

我把這件案子的關鍵彙總如下：假設詹姆士說的都是真的，那麼被害者發出『咕─咿』的暗號聲就不是在呼喚他的兒子，只是該說是不幸還是巧合呢？這聲音剛好被從布里斯托回來的詹姆士聽見了。」

「這麼說來，被害者是在對其他人……我懂了，是對跟他約好下午三點在波士坎濕地碰面的人發出的暗號吧。」

「沒錯。『咕─咿』是澳洲的方言，那是澳洲人之間呼喚彼此的暗號。因此，與被害者相約的人，很有可能曾經在澳洲待過一段時間。」

「那『老鼠』指的是什麼呢？」

福爾摩斯從口袋裡拿出一張對摺的紙，攤開在餐桌上。

「這是澳洲維多利亞省的地圖。」

接著，他用手遮住某部分地圖：「這怎麼唸？」

「RAT（老鼠）。」

「那這樣呢？」

原先被手遮住的地名，完整出現了。我大聲唸出來：

「BALLARAT（巴拉瑞特）。」

「沒錯。巴拉瑞特就是被害者臨終前留下的訊息。詹姆士只聽到最後的音節『RAT』，便以為是老鼠。巴拉瑞特是澳洲維多利亞省的一個城鎮，因為金礦而繁榮。換句話說，被害者用盡最後的力氣，試圖說出兇手的名字。但他明明可以直接說出名字，卻先說出跟兇手有關的地名，說到一半就斷氣了。」

「了不起，這段推理實在太精采了。」我不禁讚嘆。

「你過獎了。總而言之，多虧了這份地圖，讓搜查的範圍瞬間縮小許多。兇手顯然是擁有灰色外套、與巴拉瑞特的金礦有關，而且是澳洲人或從澳洲回來的人。」

「嗯，你說得沒錯。」

「而且，要前往犯罪現場的波士坎湖只有兩條路，一條經由哈瑟利農場，另一條則是經過透納先生的宅邸。而且，這兩條路都在私有土地內，像我們這樣的路人不可能隨便進入。」

「唔，你剛才對頑固的雷斯垂德描述了犯人的特徵，那些又是從何得知呢？」

「哦，先從高個子的部分說起吧……」

「這一點我也知道，應該是從步伐的寬度，推測出他是一個腳長、個子高的男性吧？從腳印也看得出來，他穿的鞋子很有特色。但我不明白，你怎麼看出他右腳不方便呢？」

「哦，那是因為兩腳的腳印比起來，右腳的腳印總是比較不清楚。這就表示他在行走的時候，重量是壓在左腳上，換句話說，是右腳行動不便所造成的。」

「那麼，關於慣用左手這一點呢？」

「地方報紙曾提到，被害者的傷口是從正後方遭人襲擊，卻位於頂骨的左側。如果是慣用右手的人做的，不但動作的方向會相反，也使不上力。若不是慣用左手的男性，絕不可能導致這樣的結果。當麥卡錫父子激烈爭吵時，兇手就站在那棵山毛櫸樹後面，而且，可能為了鎮定情緒，他抽起了雪茄。我在山毛櫸後面發現菸灰時，一眼就看出那是印度產的雪茄。關於菸灰，我很有研究，寫過包括菸斗、雪茄、香菸等一百四十種不同菸灰的論文。

於是我檢視四周，發現有抽剩的雪茄掉落在青苔之間。如我所料，是印度產的高級品。」

「那你怎麼知道犯人使用菸斗呢？」

「雪茄的切口處並沒有嘴巴含過的痕跡，顯示他是用菸斗來抽。頂端不是用牙齒咬開，而有刀刃切開的痕跡，切口並不整齊，所以我判斷他使用的小刀不銳利。」

「福爾摩斯，既然你已經追查到這裡了，為什麼還要如此苦惱呢？趕快將那名可憐的青年詹姆士從死刑台上救下來不就好了？」

「華生，那是因為我拯救一條年輕的生命，就得將另一個人推向痛苦的深淵，我才會猶豫不決，不知道該如何是好。」

「是嗎？你指的是那個女孩……」我的話才說到一半，旅館的門僮便開門通報：「約翰．透納先生來訪。」後面跟著一位客人。

黑傑克的自白

走進來的是個特徵明顯的人：走路拖著右腳加上駝背的姿態，儼然就是垂垂老矣；立體的五官和四肢粗壯的骨架，展現出過人的意志與體力。

然而，他的臉色蒼白，嘴唇和鼻子也發青，一眼就可以看出病得很重。

福爾摩斯親切上前迎接：「快請坐。您應該是讀了我的信，才大駕光臨吧？」

「是的，莫蘭把信交給了我。信上說為了避人耳目，希望約在這裡見面。」

「是啊，如果由我登門拜訪，恐怕會引起流言。」

「那麼，您請我來的原因是？」

透納先生注視著福爾摩斯，露出已然絕望的眼神。

福爾摩斯也回望對方：「我知道所有關於您和麥卡錫的事。」

突然間，老人雙手掩面喊道：「噢，上帝啊。」指縫間傳來他痛徹心扉的聲音。

「福爾摩斯先生，請您一定要相信我，我真的無意陷害那位好青年，如果他在法庭上被宣判有罪的話，我打算立刻出面自首。」

「我也認為您不是故意陷害他。」

老人聲淚俱下的說：「如果不是為了我那寶貝女兒，我現在就去自首了，但無論如何都不想讓她難過，若她知道我是兇手的話，一定會大受打擊。」

「透納先生，或許我們有辦法不讓她受到打擊。」

「您、您說什麼？」

「我並不是警方的人，而我之所以會來此地，也是因為令嬡相信我，才來拜託我。話雖如此，我也不能對無辜的詹姆士坐視不管。」

「福爾摩斯先生，我已是垂死之人，正為嚴重的**糖尿病**所苦，主治醫師說我剩不到一個月可活了，但我不想死在冷冰冰的監獄裡，我希望可以在家裡嚥下最後一口氣。」

福爾摩斯不發一語站了起來，走到書桌前坐下。他備好紙筆：「那麼，透納先生，請您坦白說出真相，我會一字不漏抄寫在這裡，由您簽名，再請這位華生博士當我們的證人。」

「福爾摩斯先生，您的意思是要我留下自白書嗎？」

「是的。詹姆士第二次出庭恐怕是兩個月以後的事了，我希望藉由律師的努力還他清白，但若法官不採信，他還是有可能被判處死刑，屆時我就會拿出這份自白書來拯救詹姆士。」

「您這麼說我就放心了，我恐怕活不到下一次開庭吧，這樣我就不必親眼目睹女兒傷心的樣子了。我這就把事情的始末一五一十告訴您。我雖然花了很長時間才採取行動，說明起來卻不用多少時間。」

糖尿病（第191頁）
由於胰臟製造來維持體內正常血糖濃度的胰島素不足，導致血液中的葡萄糖無法被分解、吸收，而由尿液排出。糖尿病可能會引起其他危險的併發症，例如心臟病、中風、失明等等。

透納先生咳了幾聲後便開始說：「麥卡錫那傢伙簡直就是披著人皮的惡魔，我已經被他糾纏了二十年，一生都毀在他的手裡。就先從我為什麼要對他唯命是從說起吧。一八六〇年代初期，是澳洲開採金礦最為蓬勃的時期，當時的我是個血氣方剛、意氣用事的小伙子，沒有看人的眼光，口袋裡也沒多少錢，不知不覺就結交了一些狐群狗黨，我們本來想靠做生意大賺一筆，沒想到卻以失敗收場，只好逃到深山裡，淪落為強盜。我的夥伴一共有六人，個個都擅長騎馬，於是我們打劫牧場或埋伏等待前往金礦場的篷車，每天為非作歹。大家都稱我為『巴拉瑞特的黑傑克』，我的惡名甚至傳遍了整個維多利亞省。聽說一直到今天，只要提起黑傑克這個名號，還是會讓人聞之色變。

有一天，來了一支前往墨爾本的車隊，車上裝著從巴拉瑞特礦區開採的金塊。我們六個人埋伏在途中，對車隊發動攻擊。不過，他們的隊伍也有六名騎馬的護衛，於是爆發了激烈的槍戰，雙方的戰力不相上下，在搶到金塊之前，對方有四人被我們擊斃，我方也有三人喪命。我跳上篷車駕駛座，槍口抵著馬車夫的頭，那個馬車夫就是麥卡錫。我至今依然很後悔，當時為什麼沒有狠下心來殺了他，而是起了惻隱之心，放了他一馬。那時他並沒有哀求我饒他一命，而是滿懷恨意的瞪著我，像是要記住我的長相似的，不知為何我就是無法扣下扳機。

後來，我們活下來的三個人帶著那批金塊逃亡，把金塊換成了現金，有了這一大筆財富，我們也不必做什麼強盜了。後來，我在沒有引起任何人懷疑的情況下，回到了故鄉英國。回國以後，我告別了往日那些夥伴，決定在某個地方安頓下來，過著平靜而踏實的生活。我買下了這塊剛好在求售的土地，盡可能用我的財產做些好事，以彌補我的罪過。

後來我結了婚，妻子很早就過世，為我留下了寶貝女兒愛麗絲。我深信愛麗絲是上帝為了引導我走向正途特別派來給我的天使。握著愛麗絲那楓葉般的小手，一起走在森林小路上時，洗心革面的我，深深沉浸在幸福之中。然而，那份幸福卻在一夕之間瓦解了。

有一天，我為了投資的事前往倫敦，在攝政街上碰巧遇到一名帶著孩子的男

子，穿得比乞丐還要破爛，那人就是當時的馬車夫麥卡錫。麥卡錫抓住我的手臂說：『好一陣子不見了，黑傑克，看你的樣子似乎過得不錯嘛，我猜你是用當時搶來的金塊來投資賺了不少，分些錢來照顧我和我兒子，我想也綽綽有餘吧。怎麼樣？要是敢對我說不，我就叫住站在那裡的巡警告訴他你的惡行。這裡畢竟和澳洲不一樣，可是法治國家呢。』無可奈何之下，我只好帶著麥卡錫和他的兒子詹姆士回到這裡，我找不到方法甩開他們逃跑。

之後，麥卡錫簡直是食髓知味。首先，他看中了我的土地中最好的一塊，擅自在那裡住了下來。接著，一天到晚來我家，故意調侃我：『早安啊，黑傑克先生。』隨著愛麗絲逐漸長大，他的行徑也越來越惡劣。

他知道比起被警察發現，我更害怕愛麗絲知道我的過去，所以他不斷威脅我交出土地、錢或房子，否則就把一切告訴愛麗絲。

我迫於無奈，一次又一次答應他的要求，沒想到那傢伙竟然得寸進尺，向我提出絕對不能讓步的要求。

他竟然要我把愛麗絲嫁給詹姆士。那傢伙知道我罹患糖尿病，時日無多了，想在我死之後，讓兒子繼承我的所有財產，自己也能分一杯羹。我並不討厭詹姆士。不，他是一個好青年，一點也不像是惡魔的孩子，但光是想到他身上流著那個惡魔的血液，我就感到噁心。我對麥卡錫說唯獨這件事情，我絕不答應！這是我第一次強硬拒絕他的要求。麥卡錫面目猙獰的威脅我，不過我已經不再畏縮了。於是有一天，他說要和我單獨見面，地點就在我們兩家中間的波士坎湖畔，我便答應他了。

我提早出門，卻比約定的時間晚一點才到。突然之間，我聽見森林中傳來『咕—咿』的聲音，那是澳洲人之間使用的暗號。我心想，他應該是等得不耐煩了，才會發出那個聲音。然而當我走近湖畔一看，他不是跟我說要單獨見面嗎？為什麼還帶了他兒子？我頓時怒火中燒，可是那對父子的樣子有點奇怪，兩人吵得面紅耳赤。我急忙躲到山毛櫸樹後面，抽著雪茄，等待麥卡錫落單。因為他們吵得很大聲，我清楚聽見了對話內容。麥卡錫竟然在說服他兒子跟我女兒結婚，而他兒子只是一個勁兒搖著頭，絲毫沒考慮到我女兒的心情，把我最寶貝的女兒、不論任何人家都匹配得起的女兒，像在交易廉價商品般討價還價。

我的胸口燃起一股熊熊怒火，就在那一瞬間，我下定了決心……

（反正我已經是個垂死之人，只要能在這裡打倒那個惡魔，封住他那受詛咒的舌頭，我的女兒就能獲得幸福了。）

當時的我已經失去理智，完全沒察覺，這麼做會讓我女兒背負另一種不幸。我從旁邊撿起一顆大小適中的石頭，握在手中。

那對父子話不投機，詹姆士掉頭返回了哈瑟利農場。

（就是現在。）

我衝出樹蔭，滿懷恨意朝著那惡魔的後腦重重一擊。

『啊——。』

他一倒下去，我又再給他致命的一擊。

聽見慘叫聲後，他詹姆士急忙趕了回來。我倉皇躲回森林裡，才發現我把外套遺留在現場。幸好，他背對我，正在查看麥卡錫的情況，沒注意到我。雖然很驚險，但我還是取回了外套。福爾摩斯先生，這就是整起事件的經過。」

老人在福爾摩斯抄寫的自白書上工整地簽完名後，問福爾摩斯：「接下來您打算怎麼做呢？」

「我什麼也不做。我已經看到您病得有多重了。不久之後，您就會接受來自上帝，而非愚蠢人類的審判吧。剛才我也說過了，我會把這份自白書留下來，當成最後的王牌，但我想應該不需要用到才是。」

「福爾摩斯先生，您是一位乍看之下很冷漠，實際上卻很溫暖的人。托您的福，我死也可以瞑目了。總有一天，兩位也會啟程前往天國，到時候，您只要想起曾經賜予我的溫暖，相信兩位的心裡一定會更加安詳。那麼，我告辭了。」

老黑傑克恭敬行禮後，步履蹣跚的拖著龐大的身軀離去了。

福爾摩斯沉默了好長一段時間，總算開口了。

「唉，命運為何要捉弄如此可憐無助的人呢？聽老先生講述他悲慘的際遇時，我腦中不禁浮現這句話：『夏洛克．福爾摩斯啊，若非上帝眷顧，你也是如此』。」

後來，詹姆士．麥卡錫在**巡迴審判**中獲判無罪，因為福爾摩斯私下將有利的證據交給了辯護律師。

透納老先生在那次會面之後，又活了七個月才辭世。

而詹姆士與愛麗絲對彼此父親不堪的過去一無所知，正準備展開愉快的新婚生活。

巡迴審判

英國的一種審判制度，由高等法院的法官定期前往各地方法院聽取案件審理。

第四案　五顆橘子籽

密室的祕密

翻閱我從一八八二年到一八九〇年間的紀錄，夏洛克・福爾摩斯經手了許多奇特而有趣的案件，要在這些案件中做取捨並不容易。

在那之中，有些是因上過報紙而廣為人知，有些則是福爾摩斯都還沒發揮本書中提到的種種特殊才能即已解決。

此外，有些是憑他的分析能力也無法解決、有始無終；也有些案件只解決了一部分，僅能從他最重視的、合乎邏輯的證據加以推測說明而已。

然而，在最後一類的案件中，有這麼一件細節極為匪夷所思，結局又令人大吃一驚，因此，即使這個案子有幾個疑點尚未釐清，未來恐怕也將永遠成謎，我還是決定把故事記錄下來。

一八八七年這一年，我們經手了大大小小的案件，當時的紀錄我全部都保存了下來。我想那些案件遲早有一天會公諸於世，但其中沒有任何一件比我接下來要寫的這個事件更加弔詭了。

那年九月下旬的某一天，整個倫敦市都籠罩在罕見的秋季暴風雨之中。呼嘯的狂風一早就開始肆虐，入夜以後也不見趨緩。大雨不斷敲打著玻璃窗，讓人不禁覺得大自然的力量正在文明的鐵窗之外，如籠中野獸對著人類咆哮。

福爾摩斯一整天都窩在起居室的壁爐前專心整理犯罪檔案。

我閒來無事，讀起以海洋為主題的小說。外面的暴風雨簡直像大海掀起的浪花，隨時要撲進來沾濕書頁，大幅提高了小說的張力。

我的妻子幾天前到親戚家去了，我難得回到福爾摩斯的公寓小住幾天。

「咦？」我抬起頭來。

「福爾摩斯，門鈴是不是響了？有訪客呢，八成是你的朋友吧。」

「都這麼晚了，華生，除了你之外，沒有其他熟人會在這種暴風雨的日子登門拜訪。」

「那應該是委託人吧，而且還是緊急案件。」

我話才說完，門口就傳來敲門聲。福爾摩斯說了聲「請進」，迅速整理好一張椅子給客人坐。

進門的是一名二十出頭的青年，戴著金邊眼鏡，衣著整齊，舉止也十分得體。看他握在手中、不斷滴水的雨傘和雨衣，就知道外面的風雨有多強烈。想必連鞋子裡面也濕透了吧。然而，在燈光照射下，青年蒼白的臉孔清楚顯露出他內心的焦慮更甚於身體上的不適。

「福爾摩斯先生，很抱歉在這樣的日子登門打擾。」

青年聳了聳肩，表示歉意。

「不必介意。來吧，快把雨傘和雨衣放下，掛在壁爐旁，很快就會乾了。話說，你是特地從英國西南部過來的吧？」

「是的，我是從薩塞克斯郡的霍舍姆（見P16地圖）來的。」

青年回答之後，這才反應過來：

「福爾摩斯先生，您怎麼知道？」

「因為你的鞋尖沾到了當地特有、混合了黏土與石灰岩的土壤。」

「原來如此，所以您才知道我從哪裡來。我是透過普倫德加斯特少校的介紹，特地來此借助您的智慧。」

「普倫德加斯特少校？哦，就是被人誣告在賭牌時作弊的那位吧。」

「少校說，凡是福爾摩斯先生經手的案件，沒有解決不了的。」

「他太過獎了。我有四次失敗的經驗，三次是敗給男性，一次是栽在一名女性手中。」

「但和成功的次數相比，那些失敗根本不值得一提吧。」

「確實絕大多數都是成功的。那麼，請先讓我了解一下你的狀況吧。」

「這是一件非常奇怪的事。」

「我向來處理奇怪的事件。那裡很冷，請靠近爐火一點，把腳伸出來吧。」

青年將椅子挪近壁爐，把濕透的腳伸向爐火，開始說明來意。

「我的名字叫約翰．歐本蕭，不過這件事的主角並不是我。我的祖父有兩個兒子，大兒子叫伊萊亞斯，小兒子叫約瑟夫，也就是我的父親。家父發明了耐用的輪胎，不僅蓋了工廠，還把產品外銷到世界各地，累積了一筆可觀的財富，可以說是事業有成。至於我的伯父伊萊亞斯，則在年輕時遠赴美洲新大陸，在佛羅里達州經營大型農場，同樣經營得有聲有色。一八六一年**南北戰爭**爆發時，他加入南軍勇敢奮戰，還晉升上校。然而，一八六五年時，**李將軍**率領的南軍向北軍投降，伯父又回到了他的農場。他在一八六九還是七〇年時返回英國，在薩塞克斯郡的霍舍姆買了一塊地定居下來。伯

南北戰爭

美國分裂為南、北兩方，於西元一八六一年至一八六五年間發生的內戰。起因是奴隸與經濟問題，最後北方勝利，奴隸獲得解放，美國也得以統一。

李將軍

一八〇七～一八七〇年。美國南北戰爭時南軍的總司令。原先的立場是反對南方脫離，後來因為效忠家鄉維吉尼亞而加入南軍。

父在美國賺了一大筆錢，卻不在美國定居，因為他不喜歡黑人，反對共和黨賦予黑人公民權的政策。

他的個性十分古怪，平時嗜酒如命，脾氣暴躁又性急，還會口出惡言，所以附近的鄰居都很討厭他，他也完全不跟人來往。在霍舍姆的房子周圍有樹林和田地，他經常在那裡活動，但有時也會躲在家裡，好幾個星期都不出門。雖然他跟自己的弟弟，也就是我的父親不太親近，但不知道為什麼，唯獨對我這個姪子特別疼愛，沒喝酒的時候，喜歡和我玩**雙陸棋**或西洋棋。我十六歲那年起，他讓我當他的祕書，鑰匙也全部交給我保管，因此我可以在他的寬敞宅邸中自由來去。

不過，唯有一件事非常奇怪。伯父家的閣樓有一間房間，只有那間房有特別訂製的鑰匙，不准任何人進

雙陸棋

基本上為可供兩人玩的桌遊。雙方各自在棋盤上布十五顆棋子，以擲骰子的點數來決定棋子移動，最先把所有棋子移出棋盤的人獲勝。是世上最古老的桌遊之一。

去。換句話說，就是一間密室。小時候，我曾在好奇心的驅使下從這間密室的鑰匙孔往裡面偷看，只隱約看到一些常見會擺在閣樓的東西，像是舊皮箱和堆積如山的雜物。

接下來就是重點了。事情發生在一八八三年三月的某個早上。吃早餐時，有一封信放在伯父的餐盤前方，信封上還貼著外國郵票。有人寄信給伯父，這真是很稀奇，畢竟他一向都用現金付款所以不會有帳單，也沒有半個稱得上朋友的人。

『哦，是從印度寄來的啊。』伯父拿起信，檢視了一下郵戳，嘴裡嘀咕著：『上面蓋著彭地切里的郵戳，究竟會是什麼呢？』一邊拆開信封。

突然間，信封袋中掉出五顆乾癟的橘子籽，散落在盤子上。我看了以後不由得笑了出來。抬頭一看伯父，我的笑容便僵住了。

他的樣子看起來很奇怪，嘴唇抽搐，眼球凸出，直冒冷汗，面色如土。他顫抖的手仍握著信封，大聲呼喊：『是ＫＫＫ！』接著說：『啊，終究還是找上我了。我的報應來了嗎？』說完，就倒在地上了。

我急忙湊上前問道：『伯父，您怎麼了？那到底是什麼東西？』

『死亡。』伯父說完，搖搖晃晃站起身來，走回二樓，留下因害怕而呼吸急促的我。我搞不清楚這究竟是怎麼回事，還是拿起了那封把伯父推入恐懼深淵的信。封口內側塗了漿糊，上方有人用紅墨水寫了三個K。除此之外，就只有剛才的五顆橘子籽而已，沒有其他文字，也沒有信紙。（奇怪，為什麼伯父這麼害怕這些東西呢？）我歪著頭想，才走上二樓，就碰到剛從閣樓下來的伯父。他左手拎著閣樓密室的專用鑰匙，右手腋下緊緊挾著一個老舊的黃銅盒子，一看到我就說：『要來就來吧，我也會毫不留情反擊！』簡直就把我當成敵人似的瞪著我，對我大聲咆哮。

不僅如此，他還嘀嘀咕咕唸著一些詛咒的話，接著又突然交代：『約翰，叫瑪莉去把我房間的火生起來。啊，也幫我把鎮上的傅登姆律師找來。』我照他的吩咐去做了。律師來了以後被叫進他的房裡，我也跟著一起過去。走進房間一看，爐火燒得正旺，黑色灰燼堆積如山，似乎剛燒掉了大量的紙張。

那個黃銅盒子放在一旁，蓋子被掀了開來，裡面空無一物。最讓人驚訝的是，

蓋子上竟然也清楚寫著ＫＫＫ三個字。

『約翰，我現在要寫下遺書，把我的土地和財產原封不動讓給你父親，總有一天，也會成為你的。不過有一件事你要牢記，如果我死後有惡魔來討這塊土地，你一定要毫不吝惜的奉送。雖然說把家族的土地和財產拱手讓人是一件憾事，可是運氣好的話，能保你一輩子平安快樂。來，在傅登姆律師指示的地方簽名吧。』

就這樣，我在一頭霧水的情況下，在伯父的遺書上簽了名，然後就交給律師帶走了。這件奇怪的事深深烙印在我的心中。我左思右想，依然毫無頭緒，即使過了好幾週，那種莫名的恐懼感依然揮之不去。」

第一起離奇死亡事件

青年繼續說：「隔天，伯父的生活就出現很大的轉變。他原本就喜歡喝酒，那天起卻從白天就開始喝個不停，整天都關在房間裡，有時卻又會突然衝出房門，一手拿著手槍，發酒瘋似的在庭院裡轉圈，嚷嚷著：『我什麼都不怕，才不會像綿羊一樣乖乖被關在籠子裡。可惡的惡魔，儘管放馬過來吧！』他還會拿著槍胡亂掃射，在家裡，我們都要縮著脖子。

可是，等到他收斂了失控的行為之後又會變得極度悲觀，躲回自己房裡。我曾經在那樣的時候看過他，明明是雨雪夾雜的寒冷天氣，他的頭髮、臉、脖子卻都汗濕了，簡直就像剛從洗臉盆抬起頭一樣。福爾摩斯先生，您可能聽得不耐煩了，我很快就要說完，請您再忍耐一下。

某天晚上，伯父再度發狂，奔向寒冷的戶外，這次卻久久沒有回來。我心裡有一股不祥的預感，跑出屋外找他，竟然在庭院角落一個約六十公分深的池子裡發現伯父臉朝下浮著。我急忙抱起他，但他已經斷氣了，身上完全沒有遭受暴力的痕跡。陪審員得知伯父近來行為怪異，便判定他是衝動自殺。

不過，福爾摩斯先生，我知道伯父並不是自殺，他比誰都怕死，總是希望自己可以多活幾年。就算他真的發狂好了，我怎樣也無法相信他會做出自殺的行為。

然而，伯父的死就這樣草草結案，而我父親則繼承了一大片土地和一萬四千英鎊的存款。」

福爾摩斯立刻提出疑問：「這是我至今聽過的最詭異的事了。你還記得你伯父收到信和死亡的日期嗎？」

「收到那封奇怪的信是在一八八三年的三月十日，他的死亡日期則是七週後的五月二日晚上。」

「我明白了。後來你和父親調查了伯父的那個銅盒吧？請詳細描述當時的情況。」

青年說：「如您所說，我和父親搬進了霍舍姆的大宅後，立刻進入密室查看，而那個銅盒就放在角落，裡面空無一物，只有蓋子內側貼了一張紙，上面寫著『ＫＫＫ』和『信件、紀錄、收據、名冊』等文字。

我們猜想，那些應該就是伯父燒掉的文件吧。除此之外，就沒有其他重要的東西了，只剩下一些他在美國時的文件或信函。

當中也有南北戰爭時的紀錄。從那些資料看來，伯父在軍隊的表現非常出色，大家都認為他是個勇敢的軍人。另外還有南方各州重建時期的資料，大部分都與政治有關。根據那些資料顯示，伯父還曾經參與對抗趁虛而入的北方政客之行動。」

第二起離奇死亡事件

「然而不久，又再度發生了奇怪的事。

我和父親搬進霍舍姆大宅的時間是一八八四年年初。隔年的一月四日早上，父親在餐桌前坐下，準備吃早餐時，突然驚叫出聲。我一看，他一手拿著剛打開的信封，另一手的掌心上有五顆乾癟的橘子籽。父親聲音顫抖的說：『約翰，你看看，伊萊亞斯收到的也是同樣的東西嗎？』我的心頓時像鉛塊一樣沉重。

父親，請您看看信封摺口的內側，如果有紅色的〈KKK〉字樣，那就是了。

父親翻開摺口一看：『被你說中了，約翰。不過這是什麼意思呢？』

咦？上面寫了什麼嗎？

『上面寫著〈把我們的祕密文件放在庭院裡的**日晷上**〉。約翰，什麼是祕密文件？日晷又是什麼？』

父親，上面說的日晷，應該就是庭院角落的那一個。至於祕密文件，我猜是伯父裝在銅盒裡的東西，早就被伯父丟進壁爐裡燒成灰了。

『是嗎？全部都燒掉了嗎？』父親頓時洩了氣，隨即又勉強鼓起勇氣：『這裡可是講求法律與秩序的文明國家，不會放任他們做出這麼野蠻的行為。這封信是從哪裡寄來的？』

看郵戳是蘇格蘭的丹地（見P12地圖）。

『是嘛。總之，不管什麼日晷還是文件，跟我一點關係也沒有，我不會理他們的。』

可是，父親，還是報警比較保險吧？

『約翰，那樣只會落人笑柄而已，聽好，絕對不可

日晷

晷，音ㄍㄨㄟˇ，一種相當於時鐘的裝置。由一個有時間刻度的圓盤和晷針組成，當陽光照射晷針，在刻度盤上投下陰影，陰影就會與刻度對齊，顯示當下的時刻。

以報警。』

不過我一想到伯父離奇的死亡，內心就很不安。父親收到信的第三天，出門前往波斯陶丘的要塞拜訪老友弗利波迪少校。那裡是一座有大批軍隊駐守的要塞，我認為會比待在家裡安全，就沒有再多加阻止，沒想到我大錯特錯，父親出發後的第二天，我就收到少校的電報，要我立刻趕去要塞。我趕到那裡時，父親已經不省人事了。要塞附近正在挖掘石灰岩，他掉進其中一個坑裡，**頭骨**骨折，直到斷氣前都不曾再醒過來。深深的挖掘坑附近既沒柵欄也沒標示，還很容易滑倒，就連當地人都不敢靠近那裡。

『歐本蕭先生初來乍到，不熟悉此地環境，外出散步時，出於好奇探頭去看，就這樣失足跌進坑裡。』驗

頭骨

頭部外側、將腦部包覆起來的骨骼的總稱，一共由二十三塊骨骼組成。

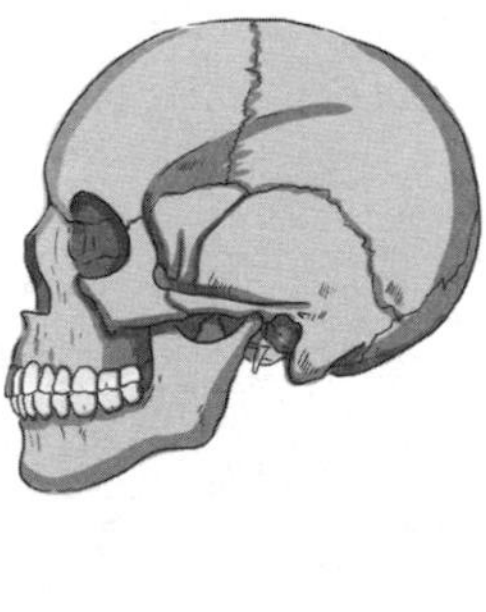

屍陪審員口徑一致，斷定這是單純的意外死亡。我曾仔細調查過父親喪命時的情況，並未發現任何有他殺的跡象，沒有遭受暴力的痕跡、沒有可疑的腳印，也沒有被盜走任何東西。此外，也沒有目擊證詞指出曾在那個時段看見任何可疑的人經過。

不過，我很清楚父親生性謹慎，甚至可說是膽小，因此我無論如何都無法相信他會在不熟悉的地方，況且還是傍晚時分，跑去那麼危險的場所，我不得不認為他是落入什麼邪惡的圈套之中。

連續發生了兩次離奇死亡事件，我懷著忐忑不安的心情，繼承了歐本蕭家的所有財產。我想兩位應該會說：『為什麼不把如此不祥的財產處理掉呢？』然而，正因為這一切太過駭人，反而更加堅定我的意志。我已經做好了心理準備，不管逃到天涯海角，他們的魔爪終究還是會追上來，不如待在原地，哪裡也不去。

父親在一八八五年一月橫死，之後我安然無恙度過兩年又八個月。那段日子裡，我在霍舍姆的大宅中過著平穩的生活，我甚至認為那個詛咒只到伯父和父親那一輩就結束了，再不會找上我了吧。不過我太天真了，就在昨天早上，那個詛咒也降臨在我身上，就跟伯父和父親當時的情形一模一樣。」

窮追不捨的警告信

青年從西裝背心的口袋中拿出一個皺巴巴的信封，倒出信封裡裝的五顆乾掉的橘子籽，撒在桌上。

「福爾摩斯先生，這就是我說的信封，郵戳是倫敦東部地區分局的。內容和我父親收到的一模一樣，有『ＫＫＫ』的字樣，上面還寫著『把文件放在日晷上』。」

「那麼你採取了什麼行動呢？」福爾摩斯問。

「我什麼也沒做。」

「什麼？你什麼也沒做？」

「老實說……」青年把臉埋入蒼白纖細的手中：「我不知道該怎麼辦才好，我現在就像被蛇纏住的可憐兔子，只能眼睜睜等著被吞食。」

「嘖！」福爾摩斯激動的大聲叱喝：「這樣不行！你要振作，鼓起勇氣！你一定能夠平安度過。首先要採取行動，你報警了吧？」

「當然，我通知警方了。」

「哦，那就好。」

「不過，警察一聽到我描述的狀況就笑了。負責的警官說那些信都是惡作劇，我伯父和父親的死只是意外，與信件一點關係也沒有。」

福爾摩斯憤而起身，朝空中揮舞拳頭：「真是一群不可靠的愚蠢傢伙！」

青年像是要替警方辯護似的，趕緊說：「不過，他們見我如此嚴肅，還是派了一名員警保護我。」

「那名員警也一路陪你過來這裡吧？」

「沒有，他奉命待在我家看守。」

福爾摩斯再次揮起拳頭：「歐本蕭先生，你不該去找什麼警察，而是要立刻來找我才對，你為什麼不先來我這兒呢？」

「我不知道能來找你商量。直到今天，我對普倫德加斯特少校提起這件事，少校才介紹我來這裡……」

「那就沒辦法了。總之，從你收到信至今已經過了整整兩天了，你必須立刻做好萬全的準備才行。還有沒有其他資料可以幫助我們了解敵人的底細呢？」

「只有一個。」

約翰・歐本蕭把手伸進大衣口袋，拿出一張褪色的藍色紙片放在桌上。

「伯父燒文件的那天，我在他的房間發現這張紙片掉在角落。我想這一定也是收在那個銅盒裡的文件，伯父本來應該是想跟其他文件一起燒掉才拿出來，唯獨漏掉了這一張。」

福爾摩斯用燈光照亮那張紙片，我也湊上前去看，紙張的邊緣呈鉅齒狀，看來是從線裝日記本上撕下來的。

開頭寫著「一八六九年三月」，後面則記載著以下這些難以理解的內容：

四日　哈德森前來。重申相同主張。
七日　寄種籽給麥考利、帕拉莫爾和史溫三人。
九日　麥考利離去。
十日　史溫離去。
十二日　拜訪帕拉莫爾，一切順利。

「謝謝你提供如此寶貴的資料，請先好好保管著。」福爾摩斯把紙片還給青年：「不過，看了這個以後，我發現事態比我想像的急迫許多，請你現在立刻回到霍舍姆，採取下一步行動。」

「我該做些什麼呢？」

「回去之後，立刻把這張紙片收回銅盒裡，找張紙條寫下：『其他文件全都已燒毀，只剩下這張。』同樣放進銅盒裡。誠心誠意表達此意，對方一定也會相信。再來，請按照對方的指示，把東西放到庭院裡的日晷上。」

「好的，我明白了。」

「就算這麼做是錯的，也請先別去想如何為你的家人報仇，眼前最重要的，就是如何躲過迫在眉睫的危險。釐清真相或逮到兇手之類的事，等過一陣子再煩惱也不遲。」

「我會照您的吩咐去做。」

青年站起身來，邊穿雨衣邊說：「您的語氣如此篤定，我不由得燃起一股新的希望。那麼，如果再發生什麼奇怪的事，我會再與您聯絡。」

「現在分秒必爭，一刻也不能耽誤，回程務必多加小心。你打算怎麼回去？」

「我打算去滑鐵盧車站搭火車。」

「現在不到九點，街上還很熱鬧，應該安全無虞，不過一切還是小心為上。」

「我身上有槍。」

「很好。我明天也會開始行動。」

「您的意思是，您會來霍舍姆一趟嗎？」

「不，這起案件的祕密就在倫敦，我會查明一切。」

「那就拜託您了。」

約翰．歐本蕭就這樣踏著堅定的步伐離去。

外頭依舊籠罩在秋季的暴風雨中。

這個離奇的故事，彷彿被暴風雨吹上岸的海草，從混亂瘋狂的大自然中來到我們這裡，如今又再度被暴風雨吹捲而去。

看不見的敵人的真面目

福爾摩斯望著壁爐裡劈哩啪啦燃燒的火焰，沉默了好一段時間，接著才點燃菸斗：「華生，就連我們也是第一次聽到如此怪誕的事吧。」

「嗯，大概是『四個人的簽名』以來的第一次。」

「是啊，只不過，這位年輕的歐本蕭先生今晚將面臨更危險的處境。」

「你已經清楚知道他面臨的究竟是什麼樣的危險了嗎？」

「非常清楚。」

「那究竟是什麼危險呢？ＫＫＫ到底是什麼人？為什麼要纏著歐本蕭一家不放？」

福爾摩斯閉上眼睛，將手肘靠在座椅的扶手上，雙手交握。

「理想的推理者只要能掌握一個事實，就能推理出整件事演變的過程，以及即將產生的結果，就如法國自然科學家喬治．居維葉，只觀察一根骨頭，便能正確描繪出動物的全貌。完全理解一連串事件其中一個事實的觀察者，就能正確說明前後發生的其他事實。雖然我們尚未掌握結果，但這起案件還是能靠推理解決。那些憑感覺的人無法完全解決的問題，我們就算是人在書房裡也能解決。

不過，要把這個推理技巧發揮到極致，推理者必須活用所有已知的事實。你很快就會明白，這得靠推理者努力吸收各方面的知識。這一點，即使在當今教育和百科全書已經普及的時代，也絕不容易達成。不過，若只是學習所有在推理時能派上用場的知識，並不是不可能，而我也努力把習得的知識應用在推理上。如果我記得沒錯的話，我們剛認識不久，你就精準確認過我所具備的知識。」

「噢，確實如此。」我笑著說：「那份紀錄相當有意思。我記得你的**哲學**、**天文學**和政治學的知識都是零分，植物學有好有壞，**地質學**方面知識淵博，熟知倫敦周圍八十公里以內所有地區的土壤成分；化學的知識你偏重某些方面，**解剖學**缺乏系統性的理解，對於通俗文學和犯罪紀錄具備卓越的知識，至於小提琴演奏、拳擊、劍術和法律相關，則與專業人士並駕齊驅。同時還有**古柯鹼與尼古丁**成癮的症狀，這些就是我分析出來的重點。」

福爾摩斯聽到最後一項笑了出來。

「我們必須把所有的知識徹底運用在今晚上門的這件案子上。能不能麻煩你從旁邊的書架上，把美國百科全書『K』開頭的那一冊遞給我呢？」

我把書抽出來擺在桌上，福爾摩斯隨即把手放在書上：「首先我們來想一想，歐本蕭上校為什麼要從氣候宜人的佛羅里達州遷回寒冷的英國鄉下。接著，再以歐本蕭上校返回英國後離群索居的事實為主線，進一步延伸我們的推理。上校在收到信之前，已經有一個令他恐

哲學

研究一切事物的起源、原理等等，普遍、根本性的問題。

天文學

研究太陽、月亮、星星等天體，已有悠久歷史的一門學問。

地質學

研究地球表面構成的土地樣貌、岩石與地層的性質等的一門學問。

懼的敵人，但那個敵人究竟是何方神聖呢？戰後，在從事反抗行動初期，上校一直都是身先士卒，後來卻背叛了同伴，原本的同伴從此變成了敵人。要知道那些敵人的真面目，只能從歐本蕭一家收到的三封信一窺端倪。華生，你記得那三封信的郵戳嗎？」

「記得，第一封是印度的彭地切里，再來是蘇格蘭的丹地，最後是從倫敦東區寄來的。」

「這三個地方有一個共通點，你看出來了嗎？」

「三個都是海港。我知道了，寄件人是船員。」

「沒錯。首先可以確定的是，敵人就是船員。好，現在我們得到一條有力的線索。接下來，就從不同角度來思考，先從第一個遇害的歐本蕭上校開始。敵人是從印度寄出警告信，寄到上校家七週以後，發生了離奇死亡。

解剖學（第230頁）
將生物體切開，研究內部構造的一門學問。是醫學和生物學的基礎。

古柯鹼與尼古丁（第231頁）
古柯鹼是古柯這種植物的葉子中含有的有毒物質，尼古丁則是香菸中的有毒成分。長期使用會導致成癮、破壞身體的機能，情況嚴重時，古柯鹼可能會造成精神錯亂，尼古丁則可能導致呼吸困難甚至死亡。

亡事件。再來是那位青年的父親，警告信從蘇格蘭寄出，寄到他父親手中的四天之後，就發生了悲劇。七週與四天的差距，你不覺得這之中藏著解開謎題的關鍵嗎？」

「唔，印度距離英國很遠，所以中間隔了七週的時間；蘇格蘭距離英國很近，所以只要四天就夠了。換句話說，時間與距離成正比。」

「那樣還無法解答。因為那些信件——該說是警告信，寄出時，兇手也從同一個地點出發。」

「那為什麼從印度來的那一次，中間會隔了七週這麼久呢？我實在不明白。」

「那麼，我試著解釋一下吧。假設那名恐嚇者，或可能是一群恐嚇者，是帆船上的船員，他們每次要犯案前，一定會把警告信寄給目標。這次他們也依照這個習慣，也可以說是規矩，從停泊地點寄出警告信，恐怕是想在抵達後立刻採取行動吧。

然而，如今全世界的交通工具正在迅速發展，載運警告信的是能夠高速航行的汽船，沒有耽擱的問題；信件送到目標手中的時間，遠比恐嚇者預期的早。

相較之下，那些恐嚇者搭乘的是靠風力航行、船速很慢的帆船，好不容易抵達英國的海港時，距離警告信送到上校家，已經過了將近七週的時間。

不過，恐嚇者還是按照預告，暗中殺害了目標。從蘇格蘭寄出的警告信多半也是由汽船載運，但因為距離很近，差距沒那麼大，才能在四天後就動手。」

「的確有這個可能。」

「不，不只可能而已，事實就是如此。這麼一來，你就知道這次的事態有多緊迫，而我又為什麼要叫那青年注意自身安全了吧。

每當投遞信件的人結束航程，就一定會發生慘劇，這次信件是從倫敦寄出的，因此我們絕對不能耽誤片刻。」

「真要命，如此冷酷無情的追殺，究竟是怎麼一回事？」

「歐本蕭上校持有的文件一旦被公開，會讓搭乘帆船的一或數名恐嚇者失去地位、名譽甚至危及性命，因此他們才會不計一切代價也要把東西弄到手。經過這一番解釋就很清楚了。『ＫＫＫ』並不是人名的縮寫，而是某個團體的代號。」

福爾摩斯壓低音量：「華生，你聽說過『Ku Klux Klan』嗎？」

「沒聽過。」我答道。只見福爾摩斯翻開百科全書，「噢！果然記載在這裡。」接著朗讀了起來：

「Ku Klux Klan」簡稱「ＫＫＫ」，是一個祕密組織的名字，名稱取自手槍**擊錘**引發的聲音。為祕密恐怖組織，由美國南部各州的一群退役軍人在南北戰爭結束後所組成，並迅速擴張到美國各地，成立許多分部。

其中又以田納西州、路易斯安那州、南北卡羅

擊錘

使槍枝擊發的裝置之一。扣下扳機時，擊錘會敲擊撞針，撞針再撞擊子彈底部的火藥，引發爆炸、射出子彈。

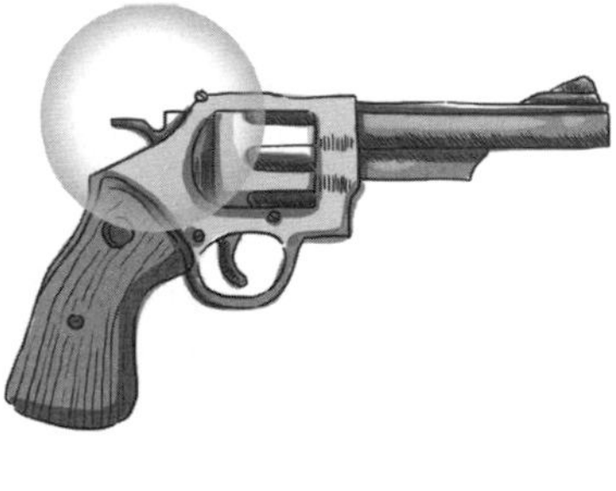

萊納州、喬治亞州和佛羅里達州最為興盛。

主要行動都具有政治目的，包括恐嚇有投票資格的黑人並將反對組織目標的人殺害或驅逐出境。

該組織行使暴力的方式非常奇特。首先，他們會對遭該組織鎖定的人寄出具警告意涵的橘子籽或**橡樹**樹枝。

如果收到警告的人不放棄自己的主張或主動逃亡國外，該組織就會立刻派出死亡使者。

然而，死亡使者每次都會採取不同的手法，完全無法預測其行動。

成員之間的凝聚力有如鋼鐵般堅固，由於組織實力強大，沒有人能夠無視警告，逃過死亡的威脅。除此之外，死亡使者從未留下任何證據，據說

橡樹

一種常綠喬木，主要生長在比較溫暖的地區。橡樹在希臘神話和北歐神話中都被視為雷神的象徵，帶有威嚇之意。推測ＫＫＫ組織因此以橡樹樹枝來警告人。

也沒有任何被逮捕的紀錄。

儘管有南部各州勇敢的市民與美國政府並肩與其對抗，ＫＫＫ還是在南部屹立不搖了很長一段時間，直到一八六九年才意外潰散。

然而，在那之後，類似的恐怖行動仍時有耳聞。

「這樣就很清楚了，」福爾摩斯闔上百科全書，「祕密組織潰散的時間，幾乎和歐本蕭上校帶著文件從美國回來的時間點一致。歐本蕭上校在美國時與ＫＫＫ有所牽聯，而且還擔任要職，握有組織的重大祕密。」

「這麼說來，剛才歐本蕭青年給我們看的那一頁……」

「如果我沒記錯的話，上面確實寫著寄橘子籽給麥考利、帕拉莫爾和史溫三人，這就是ＫＫＫ發出的警告。麥考利和史溫離去，代表他們服從指示逃到國外了。拜訪帕拉莫爾、一切順利，應該是滅口的意思。其他日記或文件上，八成也有當今在南部位居領導地位的大人物的姓名，那些人沒有拿回紀錄是不可能安心入睡的，因此才會纏著歐本蕭一家不放。華生，我們是否能夠為這起被黑暗籠罩的事件帶來一絲光明呢？我認為，那青年唯一能得救的機會，就是照著我的吩咐行動。今晚已經沒什麼能說，也沒什麼能做的了。能不能幫我把那把小提琴拿過來？讓我們在接下來的三十分鐘，暫時忘記這惱人的天氣，忘記這比天氣更加惱人的事吧。」

軼聞：福爾摩斯的才能

小提琴演奏

福爾摩斯是個卓越的小提琴演奏家，他能夠應華生的要求演奏孟德爾頌，乃至於其他華生喜歡的曲子，可見他能夠掌握高難度的樂曲。除此之外，他還能夠即興演奏，代表他也擁有作曲的能力。

不過，他有個奇怪的習慣，會在傍晚時分，閉眼靠在扶手椅上，用手指隨意撥弄著平放在膝上的小提琴。

這顯然是一種沉浸在冥想中的狀態，不清楚是為了借助自己本身的音樂專長，或純粹是他的怪癖。不過每次冥想後，他都一定會為華生演奏喜愛的曲子。

偏重某些知識

儘管解決過大大小小的困難案件，正如華生對他的定義，福爾摩斯也有無知得令人吃驚的一面。

例如，他不曉得何謂「地動說」。認為地球是環繞著太陽運行的「地動說」，是由十六世紀的天文學家哥白尼所提出。福爾摩斯身處在約三百年後的十九世紀末文明社會，卻不知道這件事，對此華生曾表示：「你竟如此缺乏常識，實在難以置信。」

福爾摩斯聽華生解釋地動說後，還為自己辯解：「這對我的生活或工作毫無影響。」

隔天一早，天氣好得讓人懷疑昨夜根本不曾有暴風雨。我一起床，就看見福爾摩斯在和煦的陽光下享用早餐。他見到我便說：「早安啊，華生。我今天會先從倫敦市中心著手調查，視情況也可能會直接前往霍舍姆。啊，我請女傭把你的早餐送上來。」

在等待早餐送來的期間，我先看看報紙。把桌上的報紙攤開來，其中一串普通大小的文字，有如斗大的標題，攫住了我的視線。

「喂，福爾摩斯。」我喊道：「來不及了。」

「什麼！」福爾摩斯放下咖啡杯，「今早醒來時我有股不祥的預感，心想該不會發生了最糟糕的情況。他是怎麼被殺害的？」

福爾摩斯的聲音雖然很冷靜，但我明白，他的內心深受打擊。

「我只看到歐本蕭的名字和標題──『滑鐵盧橋附近的悲劇』，我現在就來讀內容。」

昨晚九點至十點之間，H管區的巡警庫克在滑鐵盧橋附近巡邏時，聽見有人呼救和落水的聲音，不過當時正值深夜，風雨交加，儘管有數名行人協助，仍然無法救援。

於是緊急報請水上警察出動，最後仍然只找到遇難者的遺體。根據遺體口袋中搜出的信封顯示，死者是來自霍舍姆的約翰．歐本蕭。推測死者在遇難前，正準備趕搭滑鐵盧車站發車的末班車，卻在視線不佳的情況下踩空，從輪船上下乘客的碼頭失足跌落河裡。

由於遺體並無遭受暴力的跡象，警方認定死者是意外死亡，這也使得市府當局被迫嚴加檢討，何以如此危險的場所會設置在主要車站附近。

福爾摩斯沮喪的模樣讓人不忍卒睹。他沉默了好一會兒才開口：「這件事徹底傷害了我的自尊。事到如今，我賭上性命也要逮到那群惡徒。我怎麼會把從霍舍姆遠道而來，向我求助的青年就這樣送入虎口呢？」

福爾摩斯激動的站了起來，漲紅了臉，在室內來回踱步。

「真是一群深謀遠慮的傢伙。他們究竟用了什麼方法，才將歐本蕭誘騙到如此危險的地方？就算是風雨交加的夜晚，路上還是有其他行人啊。好吧，既然如此，只好以其人之道，還治其人之身了。華生，你就等著看吧，看是他們能逍遙法外，還是我能逮到犯人。我出門了。」

「出門？你要去哪裡？警察那邊嗎？」

「不。只會以意外死亡結案的警察根本不可靠，他們只能抓抓小蒼蠅，這次可是大肥蟲。我要親手布下天羅地網，親手逮到那些傢伙。」

那一整天我都在診所忙著，回到貝克街時已經入夜了，然而福爾摩斯卻還沒回家。將近十點時，他精疲力盡的步入房間，臉色十分蒼白。只見他走向櫥櫃，撕下一塊麵包，大口大口吞下，再把水灌入胃裡。

「你怎麼餓成這副模樣？」

「唔，我完全忘記要吃午餐和晚餐，也沒時間想這些事。」

「結果如何呢？你掌握到任何線索了嗎？」

「嗯，進展得很順利。那些傢伙已經脫離不了我的掌控，遲早能替那青年報仇雪恨。華生，我要做一件有趣的事，你等著瞧吧，我要化身恐嚇者，向那些傢伙發出死亡警告。」

「咦？什麼意思？」

我不解，歪著頭想。福爾摩斯隨即從櫥櫃裡拿出一顆橘子，小心翼翼把橘子剝開來，從中挑出種籽，再拿五顆裝進信封袋裡，並在折口內側寫下：「僅代表約翰·歐本蕭，夏洛克·福爾摩斯上」等字句。

封好信封後，他又在封面寫下：「美國　喬治亞州　薩瓦納港　預定入港帆船『孤星號』船長，詹姆士·卡爾霍恩閣下收」。

「這封信會先用汽船運達，在當地等待帆船孤星號入港。」福爾摩斯呵呵冷笑了幾聲：「再怎麼大膽的船長，看到這封信肯定會失眠吧。當年歐本蕭少校收到那封警告信時的恐懼滋味，這一回換他自己嘗嘗看了。」

「卡爾霍恩船長是誰啊？」

「是那群惡徒的首領，其他幾個也別想逃，不過擒賊要先擒王。」

「福爾摩斯，你是怎麼查出這些傢伙的？」

福爾摩斯從口袋中拿出一張紙，上頭寫著密密麻麻的日期和船名。

「我今天花了一整天，翻閱**勞氏紀錄**和舊報紙，調查一八八三年一、二月份，曾在彭地切里港停泊的船隻之後航行的方向。

勞氏紀錄

由「勞氏船級社」所登記的船隻航行資料。勞氏船級社是在一七六〇年由愛德華・勞埃德創設，主要業務為對船隻狀況的檢驗、認證與分級。該協會至今仍在運行，為全球組織最大、歷史最悠久的船級協會。

在那兩個月裡，總共有三十六艘大型船曾在彭地切里港靠岸，其中有一艘叫『孤星號』的船引起了我的注意。紀錄上顯示那艘船的前一站是倫敦，但『孤星』是美國德州的暱稱，因此我認為這艘船必定來自美國，而伊萊亞斯・歐本蕭是在當年五月二日遭人殺害，時間上也吻合。」

「然後呢？」

「然後我接著調查蘇格蘭丹地港的資料，看看『孤星號』是否曾在一八八五年一月在此停泊，也就是那青年的父親死亡的月份，結果，我的懷疑得到了證實。接著，我又去調查目前正停泊在倫敦港的船隻現況……」

「又查到了『孤星號』吧？」

「沒錯，孤星號在上週入港了。我立刻前往阿爾伯特碼頭查看，結果他們已經趁著今早**退潮**時，順泰晤士河而下，返航回薩瓦納港。那些殺人犯一達到目的，就逃之夭夭了。我發電報到河口附近的港都格雷夫森德詢問，他們回訊說那艘船稍早已通過那裡了。現在吹的是東風，他們一定已經航行到懷特島一帶了。」

「那你打算怎麼辦呢？」

「目前已經形同逮到犯人了。經我打聽，據說船上只有船長和兩名**領航員**是美國人，其餘都是芬蘭人和德國人。另外，我還得知那三名美國人昨天晚上一起下了船。這是我從替『孤星號』裝卸貨物的碼頭工人那裡聽來的。在那艘帆船抵達薩瓦納之前，郵船就會先將我的信送到，薩瓦納的警察應該也已經收到通知，那三人是以殺人嫌疑被倫敦警方**通緝**的要犯。」

然而，計畫再怎麼縝密，也趕不上突如其來的變化。

那些殺害約翰・歐本蕭的犯人，永遠也無法從那個與他們同樣聰明而果斷的人手中，收到那幾顆表示有人正在追捕他們的橘子籽了。

退潮（第245頁）
地球上的水體，受到太陽、月球的引力以及地球自轉的影響，每天早晚各有一次水位的漲落。水位由最高下降至最低的過程就稱為退潮。

領航員
船隻或飛機在行駛時，負責提供方位、航向、氣象等資料的專業人員，幫助駕駛員正確操縱船或飛機抵達目標、脫離危險區。

那年的秋季暴風雨格外強烈，並且持續了很長一段時間。

我們引頸期盼從薩瓦納傳來「孤星號」的消息，卻始終沒收到任何通知。

後來好不容易盼到的消息，是在大西洋上遙遠的某處，有人發現船尾的殘骸在海浪間載浮載沉，上面刻著孤星號的縮寫「L.S」。

從此以後，大概再也無法得知孤星號的命運了吧。

通緝

被告、受刑人逃亡或藏匿時，由法院通知檢察、司法、警察機關追捕，必要時也可以登報或用其他方式公告。被通緝的人稱為「通緝犯」。

我與《偵探福爾摩斯》的第一次相遇

那是個炎熱的夏天晚上，我的老家在南台灣高雄，很難不開冷氣乖乖待在被太陽西晒一下午的水泥房間，坐下來文風不動過一分鐘就會滴下斗大汗珠，只能另覓消暑良方。吃完晚飯後，爸媽有外出散步的習慣，已寫完功課的我嚷著要跟，於是三個人騎乘機車（錯誤示範，明顯違反法令了），前往家附近清涼冷氣呼呼吹的百貨公司逛逛走走。

其實我們各有盤算，爸爸想省下家裡開冷氣的電費開銷、媽媽著眼於有幫手能一塊分擔家庭採買，我則早早鎖定位在百貨公司三樓的一方小書店——彼時是沒有手機、網路、第四台的世界，閱讀書籍的樂趣強過掌上型遊樂器的年代，這種政治正確的娛樂選擇只要不妨礙課業，爸媽二話不說便允許我窩在書冊中消磨時光。

我就是在那裡認識夏洛克．福爾摩斯的。

正在閱讀這篇文章的你一定知道，福爾摩斯並非書店店員這般真實人物，而是小說故事裡的虛構角色。不過，那時我才剛升上小學三年級，總以為書上寫的都是很成功、極重要人士的經歷，尤其書籍封面上還有個栩栩如生的繪圖人像，頭戴禮帽、手持菸斗、身穿燕尾服的英國紳士正要去追蹤一輛剛起步的馬車，這個身分叫「偵探」的傢伙一定很厲害、絕對很有趣！那個初次邂逅福爾摩斯的夜晚，我獨自坐在書店地板上看完了名叫《夜半驚魂》的一冊故事。

結果是，我那天晚上做了可怕的噩夢。

我要鄭重聲明，那一夜我並沒有驚嚇到尿床。睡夢中的我並非化身福爾摩斯這個角色，而是故事裡那個被黑幫追殺的可憐人，就在命懸一線的危急時刻，拯救我的不是名偵探福爾摩斯，而是快要爆炸的膀胱。迅速下床小解後仍驚魂未定，時睡時醒的撐到早上天亮，隔天到學校上課整天昏昏欲睡。

「真不甘心啊，一個男孩子怎麼可以被故事書嚇到晚上睡覺做噩夢？」於是我放學後快快寫完作業、複習預習完功課，晚餐時主動央求爸媽再去百貨公司散步納涼，心底想的則是要繼續挑戰其他福爾摩斯探案故事，好證明自己並不是怯懦的膽小鬼。

這次，我不但一覺到天亮，接下來一個月也都沒在半夜驚醒——察覺到我特別提到「一個月」嗎？不錯不錯，你已經具備身為偵探應有的敏銳觀察力。是的，我在一個月內將亞瑟．柯南．道爾爵士所寫的六十個長短篇福爾摩斯探案故事全給讀完了。

閱讀推理小說的習慣從那時延續至今，轉眼過了三十年。

我不敢說福爾摩斯故事影響了我的人生有多少，尤其每當心懷期待的家長來問我「讀推理小說是不是能讓我的孩子變得聰明」、或是眼神透露著憂慮的父母問我「我家小孩一直看暴力謀殺的柯南好嗎？」，我總是默默在心中嘀咕：「還好當年爸媽在我追讀福爾摩斯時，是全然放任不管的。」

第一篇福爾摩斯探案發表於一八八七年，超過一百三十年的時間長河中累積了無數盛讚好評，包括論及名偵探的魅力、邏輯推理的智性表現、觀察入微的洞察力、追求真相與正義的普世價值等等，正是它持續受到重新詮釋演繹，不斷有新的仿作、電影與電視影集誕生的主要原因，吸引不同世代、不同文化背景的讀者認識接觸，甚至不厭煩的再三閱讀。

當然，犯罪事件的描寫總會有其殘酷面，而我更願意稱它為寫實面，意圖不軌、操弄人心、追求私欲、冷血暴戾的黑暗世界原本就存在，只是我們何時與如何接觸到它，以及該如何適應自處。在我的成長經歷中，這一切幾乎是虛構小說早於現實生活告訴我的，卻也開啟了我主動搜尋的觸角，好奇的探索這個大千世界。

那正是「推理」的核心本質。

福爾摩斯像個引領者，他跟一般人一樣看見了，不一樣的是他進一步思索與提問。這需要有足夠的知識背景予以支撐，才能從來訪者紅通通的大鼻子推敲出對方可能有酗酒的毛病；運用科學研究方法先提出假設再進行驗證，才有辦法從眾人害怕恐懼的市井謠言中揪出罪犯；高度的正義感與榮譽心推動他冒險犯難，才能夠將個人乃至國家從危險邊緣拯救回來。原典六十則故事乍看是一場場解謎遊戲、穿梭在許多座名為謎團的迷宮中逐步抵達真相大白的出口，實際上吸引了眾多讀者立定「我想和他一樣」的志向，勇於挑戰難解的謎題、獲取甜美的勝利果實。

於是，在推理小說的書寫領域中，我們可以看到諸如犯罪、懸疑、驚悚、冷硬、社會、法醫鑑識等子類型遍地開花，並延伸到漫畫、影劇等其他媒材上；推理精神的表現也可以在現實世界的各行各業中見到，例如醫學的進步、外太空的開拓等等——若是不信，利用 Google 搜尋「ＸＸ界的福爾摩斯」，看看能找到哪些令你意想不到的資料與報導。

說了那麼多，你準備好與福爾摩斯相遇了嗎？

「遊戲開始了！」（The game's afoot!）

【作者簡介】

冬陽

社團法人台灣推理作家協會常務理事，博客來推理藏書閣、推理電子報策劃、評審與撰稿人。

現任城邦文化馬可孛羅出版副總編輯。

這套世界文學包含了多元的文化與各地不同的風景與習俗，當你徜徉在《偵探福爾摩斯》故事情節中時，是否也運用了你敏銳的觀察力，發現哪些是與自己的生活很不一樣的地方呢？以下幾個問題將幫助你試著發表自己的心得或感想。現在就讓我們穿越文字的任意門，一起開始這趟充滿勇氣、信心與感動的旅程吧！

問題1　偵探福爾摩斯的標準穿著打扮是如何？出門冒險時會隨身攜帶哪些配備？他為何要這麼穿、帶這些東西呢？

問題2　在第一案〈紅髮俱樂部的祕密〉中，惡賊約翰．克雷用文森．斯伯丁的假名，到當鋪老闆的店裡工作。他打的是什麼主意？福爾摩斯又是從哪裡察覺了異狀？

問題3　在第二案〈消失的新郎〉中，福爾摩斯對蘇德蘭小姐說：「細微的事情總是比眼睛所能看見的事物更派得上用場，我一向將這句話謹記在心。」請說說看為什麼。

問題4　在第三案〈波士坎谷奇案〉中，福爾摩斯像隻獵犬一樣在案發現場打轉，接著用指責的語氣對雷斯垂德警官說：「你為什麼要走進湖裡去？」請說說看為什麼。

問題5　在第四案〈五顆橘子籽〉中，福爾摩斯從約翰·歐本蕭一家收到的三封信當中窺見了什麼端倪？

問題6　請說說看福爾摩斯的辦案方式有什麼特色？

日文版編寫

久米元一

一九〇二年生於東京。兒童文學作家，在日本戰後出版了不少專為兒童撰寫的冒險、推理作品。同時也引進許多精彩歐美文學，特別是一九七〇年代參與了日本最早引進《名偵探福爾摩斯名作選》編譯、改寫的作業，成為日後不同版本的參考標準。

久米穣

久米元一之子，兒童文學作家、翻譯者，日本兒童文藝家協會顧問。

中文版譯者

劉格安

政治大學畢業，現為專職譯者，譯作類型包含商管、醫學、旅遊、生活、歷史和小說等。

封面繪圖：Lynette Lin

封面設計：倪龐德

地圖與註解小圖繪製：陳宛昀

註解照片：wikimedia

內頁插圖：南君

國家圖書館出版品預行編目（CIP）資料

偵探福爾摩斯／柯南・道爾（Arthur Conan Doyle）作；劉格安譯. -- 二版. -- 新北市：木馬文化出版：遠足文化發行，民 108.03
面；　公分
譯自：シャーロック＝ホームズの冒険
ISBN 978-986-359-651-6（平裝）

873.59　　108002711

偵探福爾摩斯

シャーロック＝ホームズの冒険

原著作者：柯南・道爾（Arthur Conan Doyle）
＊日文版由久米元一、久米穰自英文版編譯改寫
譯　　者：劉格安

社　　長：陳蕙慧
副總編輯：戴偉傑
責任編輯：葉芝吟、王淑儀（二版）

讀書共和國出版集團社長：郭重興
發行人兼出版總監：曾大福
出　　版：木馬文化事業股份有限公司
發　　行：遠足文化事業股份有限公司
地　　址：231 新北市新店區民權路 108-2 號 9 樓
電　　話：(02)2218-1417　　傳　　真：(02)8667-1891
Email：service@bookrep.com.tw
郵撥帳號：19588272 木馬文化事業股份有限公司
客服專線：0800221029
法律顧問：華洋國際專利商標事務所 蘇文生律師
內頁排版：中原造像股份有限公司
印　　刷：中原造像股份有限公司
小木馬悅讀遊樂園：https://www.facebook.com/ecuschildren/

初　　版：2016 年 12 月
二版七刷：2022 年 10 月
定　　價：300 元
ISBN：978-986-359-651-6

21 SEIKI-BAN SHOUNEN SHOUJO SEKAIBUNGAKU-KAN [8]
《SHAAROKKU=HOOMUZU NO BOUKEN》

精選二十四冊、橫跨世界多國的文學經典名著

希臘神話（希臘）
悲慘世界（法國）
唐吉軻德（西班牙）
偵探福爾摩斯（英國）
格列佛遊記（英國）
湯姆歷險記（美國）
莎士比亞故事（英國）
小婦人（美國）
紅髮安妮（加拿大）
長腿叔叔（美國）
魯賓遜漂流記（英國）
三劍客（法國）
小公子（英國）
俠盜羅賓漢（英國）
三國演義（中國）
西遊記（中國）
金銀島（英國）
阿爾卑斯少女（瑞士）
聖誕頌歌（英國）
十五少年漂流記（法國）
傻子伊凡（俄國）
愛的教育（義大利）
黑貓（美國）
少爺（日本）

出版順序以正式出版時為準。